Perverz Nővérek

Perverz Nővérek

Aldivan Torres

aldivan teixeira torres

CONTENTS

Perverz Nővérek

Aldivan Torres

Perverz Nővérek

Szerző: *Aldivan Torres*
2020: Aldivan Torres
Minden jog fenntartva

Aldivan Torres, A látnok, irodalmi művész. Írásaival

megígéri, hogy örömet szerez a közönségnek, és elvezeti őt az öröm örömeihez. A szex az egyik legjobb dolog, ami létezik.

Odaadás és köszönet

Ezt az erotikus sorozatot minden hozzám hasonló szexrajongónak és perverznek ajánlom. Remélem, hogy minden őrült elme elvárásainak megfelelek. Azzal a meggyőződéssel kezdem ezt a munkát, hogy Amelinha, Belinha és barátaik történelmet fognak írni. Minden további nélkül meleg ölelés az olvasóimnak.

Gyakorlott olvasás és sok szórakozás.

Szeretettel, a szerző.

Bemutató

Amelinha és Belinha két nővér, akik Pernambuco belsejiben születtek és nőttek fel. A gazdálkodó apák lányai korán tudták, hogyan nézzenek szembe mosollyal az arcukon a vidéki élet heves nehézségeivel. Ezzel elérték személyes hódításaikat. Az első államháztartási ellenőr, a másik, kevésbé intelligens, önkormányzati alapfokú oktatási tanár Arcoverde-ben.

Bár szakmailag boldogok, kettejüknek komoly krónikus problémája van a kapcsolatokkal, mert soha nem találták bájosnak hercegüket, ami minden nő álma. A legidősebb, Belinha, egy ideig egy férfival élt. Azonban elárulták, ami kis szívében helyrehozhatatlan traumákat generált. Kénytelen volt elválni útjaitól, és megígérte magának, hogy soha többé nem szenved egy férfi miatt. Amelinha, szerencsétlen dolog, még csak el sem tud jegyezni minket. Ki akarja feleségül venni Amelinha? Szemtelen barna hajú ember, sovány, közepes magasságú, mézszínű szemek, közepes fenék, mellek, mint a görögdinnye, mellkasa a magával ragadó mosolyon túl határozott. Senki sem tudja, mi a valódi problémája, vagy mindkettő.

Interperszonális kapcsolatukkal kapcsolatban közel állnak ahhoz, hogy titkokat osszanak meg egymás között. Mivel Belinha elárulta egy gazember, Amelinha elvette nővére fájdalmát, és elindult, hogy férfiakkal játsszon. Ők ketten dinamikus duóvá váltak, "Elvetemült nővérek" néven. Ennek ellenére a férfiak szeretnek játékszereik lenni. Ez azért van, mert nincs jobb, mint szeretni Belinha és Amelinha, akár csak egy pillanatra is. Ismerjük meg együtt a történeteiket?

Perverz Nővérek

Perverz Nővérek

Odaadás és köszönet

Bemutató

A fekete ember

A tűz

Orvosi konzultáció

Magánóra

Verseny teszt

A tanár visszatérése

A mániás bohóc

Túra Pesqueira városában

A fekete ember

Amelinha és Belinha, valamint nagyszerű szakemberek és

szerelmesek, gyönyörű és gazdag nők, akik integrálódnak a közösségi hálózatokba. A szex mellett barátokat is keresnek.

Egyszer egy férfi belépett a virtuális csevegésbe. Beceneve "fekete ember" volt. Ebben a pillanatban hamarosan remegett, mert szerette a fekete férfiakat. A legenda szerint vitathatatlan varázsuk van.

"Helló, gyönyörű! "Hívtad az áldott fekete embert.

"Helló, rendben? "válaszolta az érdekes Belinha.

"Minden nagyszerű. Jó éjszakát!

"Jó éjszakát. Szeretem a fekete embereket!

"Ez most mélyen megérintett! De van-e ennek különleges oka? Hogy hívnak?

"Nos, ennek az az oka, hogy a húgom és én szeretem a férfiakat, ha érted, mire gondolok. Ami a nevet illeti, annak ellenére, hogy ez egy nagyon privát környezet, nincs rejtegetni valóm. A nevem Belinha. Örülök, hogy találkoztunk.

"Az öröm mind az enyém. A nevem Flavius, és igazán kedves vagyok!

"Határozottságot éreztem a szávaiban. Úgy érted, hogy az intuícióm helyes?

"Erre most nem tudok válaszolni, mert az véget vetne az egész rejtélynek. Mi a húgod neve?

"A neve Amelinha.

"Amelinha! Gyönyörű név! Le tudod írni magad fizikailag?

"Szőke vagyok, magas, erős, hosszú haj, nagy fenék, közepes mellek, és szobrászati testem van. És te?

"Fekete színű, egy méter és nyolcvan centiméter magas, erős, foltos, karok és lábak vastagok, tiszta, énekelt haj és határozott arcok.

"Bekapcsolsz!

"Ne aggódj miatta. Ki ismer engem, soha nem felejt?

"Most meg akarsz őrjíteni?

"Sajnálom, bébi! Csak azért, hogy egy kis varázst adjunk a beszélgetésünkhöz.

"Hány éves vagy?

"Huszonöt év és a tiéd?

"Én harmincnyolc éves vagyok, a húgom harmincnégy. A korkülönbség ellenére rendkívül közel vagyunk egymáshoz. Gyermekkorunkban egyesültünk a nehézségek leküzdésére. Amikor tinédzserek voltunk, megosztottuk álmainkat. És most, felnőttkorban, megosztjuk eredményeinket és frusztrációinkat. Nem tudok Nélküle élni.

"Nagyszerű! Ez az érzésed hihetetlenül szép. Késztetést érzek, hogy találkozzak mindkettőtökkel. Olyan szemtelen, mint te?

"Hatékony módon ő a legjobb abban, amit csinál. Nagyon okos, szép és udvarias. Az az előnyöm, hogy okosabb vagyok.

"De nem látok ebben problémát. Mindkettőt szeretem.

"Tényleg tetszik? Tudod, Amelinha egy különleges nő. Nem azért, mert a nővérem, hanem azért, mert óriási szíve van. Kicsit sajnálom őt, mert soha nem kapott vőlegényt. Tudom, hogy az álma az, hogy férjhez menjen. Csatlakozott hozzám egy felkelésben, mert a társam elárult. Azóta csak gyors kapcsolatokat keresünk.

"Teljesen megértem. Én is perverz vagyok. Azonban nincs különösebb okom. Csak élvezni akarom a fiatalságomat. Nagyszerű embereknek tűntük.

"Köszönöm szépen. Tényleg Arcoverde származol?

"Igen, a belvárosból származom. És te?

"A Szent Christopher környékről.

"Nagyszerű. Egyedül élsz?

"Igen. A buszpályaudvar közelében.

"Meg tudsz látogatni ma egy férfit?

"Szeretnénk. De mindkettőt kezelnie kell. Oké?

"Ne aggódj, szerelem. Akár hármat is el tudok intézni.

"Ó, igen! Igaz!

"Ott leszek. El tudná magyarázni a helyszínt?

"Igen. Ez lesz az én örömömre.

"Tudom, hol van. Feljövök oda!

A fekete férfi elhagyta a szobát, és Belinha is. Kihasználta, és a konyhába költözött, ahol találkozott a nővérével. Amelinha a piszkos edényeket mosta vacsorára.

"Jó éjszakát neked, Amelinha. Nem fogod elhinni. Találd ki, ki jön át.

"Fogalmam sincs, nővérem. Ki?

"A Flavius. A virtuális csevegőszobában találkoztam vele. Ő lesz ma a szórakozásunk.

"Hogy néz ki?

"Ez a fekete ember. Megálltál már valaha, és arra gondoltál, hogy jó lehet? A szegény ember nem tudja, mire vagyunk képesek!

"Ez tényleg nővér! Fejezzük be.

"El fog bukni, velem együtt! "mondta Belinha.

"Nem! Velem lesz "válaszolta Amelinha.

"Egy dolog biztos: egyikünkkel el fog bukni" – zárta Belinha.

"Ez igaz! Mit szólnál, ha mindent előkészítenénk a hálószobában?

"Jó ötlet. Segítek!

A két telhetetlen baba a szobába ment, mindent megszervezve a férfi érkezésére. Amint befejezik, hallják a csengőt.

"Ő az, nővérem? "kérdezte Amelinha.

"Nézzük meg együtt! (Belinha)

"Gyerünk! Amelinha egyetértett.

A két nő lépésről lépésre elhaladt a hálószoba ajtaja mellett, elhaladt az ebédlő mellett, majd megérkezett a nappaliba. Az ajtóhoz mentek. Amikor kinyitják, találkoznak Flavius bájos és férfias mosolyával.

"Jó éjszakát! Rendben? Én vagyok a Flavius.

"Jó éjszakát. Szívesen. Belinha vagyok, aki a számítógépen beszélt veled, és ez az édes lány mellettem a nővérem.

"Örülök, hogy találkoztunk, Flavius! – mondta Amelinha.

"Örülök, hogy találkoztunk. Bejöhetek?

"Persze! A két nő egyszerre válaszolt.

A mén hozzáférhetett a szobához, megfigyelve a dekoráció minden részletét. Mi zajlott abban a forrongó elmében? Különösen megérintette mindegyik nőstény példány. Egy pillanat múlva mélyen a két kurva szemébe nézett, és így szólt:

"Készen állsz arra, amiért jöttem?

"Kész" "erősítette meg a szerelmesek!

A trió keményen megállt, és hosszú utat tett meg a ház nagyobb szobájáig. Az ajtó bezárásával biztosak voltak abban, hogy a mennyország másodpercek alatt a pokolba kerül. Minden tökéletes volt: a törölközők elrendezése, a szexuális játékok, a mennyezeti televízión játszott pornófilm és a romantikus zene vibrálása. Semmi sem veheti el egy nagyszerű este örömét.

Az első lépés az ágy mellett ülni. A fekete férfi elkezdte levenni a két nő ruháját. A szex iránti vágyuk és szomjúságuk olyan nagy volt, hogy egy kis szorongást okoztak azokban az édes hölgyekben. Levette az ingét, amelyen a mellkas és a has jól kidolgozott, amit a napi edzés során az edzőteremben végeztek. Az átlagos hajszálak ezen a vidéken sóhajtoztak a lányokból. Ezután levette a nadrágját, hogy fehérneműje látható legyen, így megmutatta volumenét és férfiasságát. Ekkor megengedte nekik, hogy megérintsék a szervet, így felállóbbá tették. Titkok nélkül eldobta a fehérneműjét, megmutatva mindazt, amit Isten adott neki.

Huszonkét centiméter hosszú volt, tizennégy centiméter átmérőjű ahhoz, hogy megőrjítse őket. Időveszteség nélkül ráestek. Az előjátékkal kezdték. Míg az egyik a szájában nyelte a farkát, a másik a herezacskókat nyalta. Ebben a műveletben három perc telt el. Elég hosszú ahhoz, hogy teljesen készen álljon a szexre.

Aztán elkezdett behatolni az egyikbe, majd a másikba preferencia nélkül. Az űrsikló gyakori üteme nyögéseket, sikolyokat és többszörös orgazmusokat okozott az aktus után. Harminc perc hüvelyi szex volt. Mindegyik fele az idő felében. Aztán orális és anális szexszel fejezték be.

A tűz

Hideg, sötét és esős éjszaka volt Pernambuco összes hátsó erdőjének fővárosában. Volt pillanat, amikor az elülső szél elérte a száz kilométer / órát, megijesztve a szegény nővéreket, Amelinha és Belinha. A két perverz nővér egyszerű rezidenciájuk nappalijában találkozott Szent Christopher negyedben. Mivel nem volt mit tenniük, boldogan beszélgettek általános dolgokról.

"Amelinha, milyen volt a napod a farm irodájában?

"Ugyanaz a régi dolog: megszerveztem az adó" és vámhivatal adótervezését, irányítottam az adófizetést, dolgoztam az adóelkerülés megelőzésében és leküzdésében. Igényes munka és unalmas. De kifizetődő és jól fizetett. És te? Milyen volt a rutinod az iskolában? "kérdezte Amelinha.

"Az órán a lehető legjobb módon adtam át a diákokat irányító tartalmat. Kijavítottam a hibákat, és elvettem két mobiltelefont azoktól a diákoktól, akik zavarták az órát. Viselkedést, testtartást, dinamikát és hasznos tanácsokat is tartottam. Különben is, amellett, hogy tanár vagyok, én vagyok az anyjuk. Ennek bizonyítéka, hogy a szünetben beszivárogtam a diákok osztályába, és velük együtt, ütést és futást játszottunk. Véleményem szerint az iskola a második otthonunk, és vigyáznunk kell a barátságokra és az emberi kapcsolatokra, amelyeket ebből kapunk" "válaszolta Belinha.

"Ragyogó, kishúgom. Munkáink nagyszerűek, mert fontos érzelmi és interakciós konstrukciókat biztosítanak az emberek között. Egyetlen ember sem élhet elszigetelten, nemhogy pszichológiai és pénzügyi erőforrások nélkül" – elemezte Amelinha.

"Egyetértek. A munka elengedhetetlen számunkra, mivel függetlenné tesz minket a társadalmunkban uralkodó szexista birodalomtól ""mondta Belinha.

"Pontosan. Továbbra is kitartunk értékeink és hozzáállásunk mellett. Az ember csak az ágyban jó" – jegyezte meg Amelinha.

"Ha már a férfiaknál tartunk, mit gondolsz Christianról? "kérdezte Belinha.

"Megfelelt az elvárásaimnak. Egy ilyen élmény után az ösztöneim és az elmém mindig többet kérnek, ami belső elégedetlenséget generál. Mi a véleményed? "kérdezte Amelinha.

"Jó volt, de úgy érzem magam, mint te: hiányos. Száraz vagyok a szerelemtől és a szextől. Egyre többet akarok. Mi van ma? "mondta Belinha.

"Kifogytam az ötletekből. Az éjszaka hideg, sötét és sötét. Hallja a kinti zajt? Sok eső, intenzív szél, villámlás és mennydörgés van. Félek! – mondta Amelinha.

"Én is! "vallotta be Belinha.

Ebben a pillanatban mennydörgő villámcsapás hallatszik Arcoverde-ben. Amelinha Belinha ölébe ugrik, aki fájdalomtól és kétségbeeséstől sikoltozik. Ugyanakkor hiányzik az áram, ami mindkettőjüket kétségbeesetté teszi.

"Mi lesz most? Mit fogunk tenni Belinha? "kérdezte Amelinha.

"Szállj le rólam, szuka! Megkapom a gyertyákat! "mondta Belinha. Belinha gyengéden a kanapé szélére lökte a húgát, miközben a falakat tapogatta, hogy a konyhába jusson. Mivel a ház kicsi, nem tart sokáig a művelet befejezése. Tapintattal elveszi a gyertyákat a szekrényben, és meggyújtja őket a kályha tetejére stratégiaijáig elhelyezett gyufákkal.

A gyertya meggyújtásával nyugodtan visszatér a szobába,

ahol találkozik a nővérével, titokzatos mosollyal az arcán. Mire készült?

"Szellőztethetsz, nővérem! Tudom, hogy gondolsz valamit" – mondta Belinha.

"Mi lenne, ha tűzre hívnánk a városi tűzoltóságot? – mondta Amelinha.

"Hadd tisztázzam ezt. Akarsz kitalálni egy kitalált tüzet, hogy elcsábítsd ezeket a férfiakat? Mi van, ha letartóztatnak minket? "Belinha félt.

"Kollégám! Biztos vagyok benne, hogy imádni fogják a meglepetést. Mi mást tehetnének egy ilyen sötét és unalmas éjszakán? – mondta Amelinha.

"Igazad van. Meg fogják köszönni a szórakozást. Megtörjük a tüzet, amely belülről fogyaszt minket. Most felmerül a kérdés: Kinek lesz bátorsága felhívni őket? "kérdezte Belinha.

"Nagyon félénk vagyok. Ezt a feladatot rád bízom, húgom – mondta Amelinha.

"Mindig én. Oké. Bármi is történik, Amelinha. – zárta Belinha.

Felkelve a kanapéról, Belinha az asztalhoz megy a sarokban, ahol a mobil telepítve van. Felhívja a tűzoltóság segélyhívó számát, és várja a választ. Néhány érintés után mély, határozott hangot hall beszélni a másik oldalról.

"Jó éjszakát. Ez a tűzoltóság. Mit akarsz?

"A nevem Belinha. A Szent Christopher negyedben élek itt, Arcoverde-ben. A húgom és én kétségbeesetten érezzük magunkat az eső miatt. Amikor áram ment ki itt a házunkban, rövidzárlatot okozott, és elkezdte felgyújtani a tárgyakat. Szerencsére a húgommal kimentünk. A tűz lassan felemészti a házat. Szükségünk van a tűzoltók segítségére" – mondta szomorúan a lány.

"Nyugi, barátom. Hamarosan ott leszünk. Tudna részletes információkat adni a tartózkodási helyéről? "kérdezte az ügyeletes tűzoltó.

"A házam pontosan a Központi sugárút-n van, a harmadik ház a jobb oldalon. Ez rendben van veled?

"Tudom, hol van. Néhány perc múlva ott leszünk. Légy nyugodt – mondta a tűzoltó.

"Várunk. Köszönöm! "Köszönöm Belinha.

Széles vigyorral tértek vissza a kanapéra, ketten leengedték a párnáikat, és horkoltak a szórakozástól. Ez azonban nem ajánlott, hacsak nem két olyan kurva, mint ők.

Körülbelül tíz perccel később kopogást hallottak az ajtón, és elmentek, hogy válaszoljanak. Amikor kinyitották az ajtót, három varázslatos arccal szembesültek, mindegyik jellegzetes szépséggel. Az egyik fekete volt, hat láb magas, a lábak és a karok közepesek. Egy másik sötét volt, egy méter és kilencven magas, izmos és szobrászati. A harmadik fehér, rövid, vékony, de nagyon kedves volt. A fehér fiú be akar mutatkozni:

"Sziasztok, hölgyeim, jó éjszakát! A nevem Roberto. Ezt a szomszéd férfit Máténak, a barna embert pedig Fülöpnek hívják. Mi a neved és hol van a tűz?

"Belinha vagyok, beszéltem veled telefonon. Ez a barna hajú ember itt Amelinha nővérem. Gyéré be, és elmagyarázom neked.

"Rendben. Egyszerre vették fel a három tűzoltót.

A kvintett belépett a házba, és minden normálisnak tűnt,

mert az áram visszatért. A lányokkal együtt a nappaliban a kanapén telepednek le. Gyanakvóan beszélgetnek.

"A tűznek vége, ugye? – kérdezte Máté.

"Igen. Egy hősies erőfeszítésnek köszönhetően már most is irányítjuk" – magyarázta Amelinha.

"Kár! Dolgozni akartam. Ott a laktanyában a rutin annyira monoton " mondta Felipe.

"Van egy ötletem. Mit szólnál ahhoz, ha kellemesebb módon dolgoznál? – javasolta Belinha.

"Úgy érted, hogy az vagy, amit gondolok? "kérdezte Felipe.

"Igen. Egyedülálló nők vagyunk, akik szeretik az örömöt. Szórakozásra vágyik? "kérdezte Belinha.

"Csak akkor, ha most mész "válaszolta a fekete ember.

"Én is benne vagyok "erősítette meg a barna ember.

"Várj rám" A fehér fiú elérhető.

"Szóval, nézzük "mondták a lányok.

A kvintett egy kétszemélyes ágyon osztozva lépett be a szobába. Aztán elkezdődött a szexorgia. Belinha és Amelinha felváltva vettek részt a három tűzoltó örömére. Minden varázslatosnak tűnt, és nem volt jobb érzés, mint velük lenni. Változatos ajándékokkal szexuális és helyzet béli variációkat tapasztaltak meg, tökéletes képet alkotva.

A lányok telhetetlennek tűntek szexuális lelkesedésükben, ami őrületbe kergette ezeket a szakembereket. Átélték az éjszakát szegeléssel, és úgy tűnt, hogy az élvezet soha nem ér véget. Nem mentek el, amíg sürgős hívást nem kaptak a munkából. Kiszálltak, és elmentek, hogy válaszoljanak a rendőrségi jelentésre. Ennek ellenére soha nem felejtenék el azt a csodálatos élményt a "Perverz nővérek" mellett.

Orvosi konzultáció

Hajnalodott a gyönyörű outback fővárosban. Általában a két perverz nővér korán ébredt. Amikor azonban felkeltek, nem érezték jól magukat. Míg Amelinha tüsszentett, nővére, Belinha kissé fulladtnak érezte magát. Ezek a tények az előző éjszakáról származnak a háború Virginia téren-en, ahol ittak, szájon csókolták és harmonikusan horkoltak a nyugodt éjszakában.

Mivel nem érezték jól magukat, és semmihez sem voltak erejük, leültek a kanapéra, és vallásosan azon gondolkodtak, hogy mit tegyenek, mert a szakmai kötelezettségek megoldásra vártak.

"Mit tegyünk, nővérem? Teljesen kifulladtam és kimerültem" – mondta Belinha.

"Mesélj róla! Fáj a fejem, és kezdek vírust kapni. El vagyunk veszve! – mondta Amelinha.

"De nem hiszem, hogy ez ok arra, hogy kihagyja a munkát! Az emberek függenek tőlünk! "mondta Belinha

"Nyugodj meg, ne essünk pánikba! Mit szólnál, ha csatlakoznánk a kedvesekhez? "javasolta Amelinha.

"Ne mondd, hogy te azt gondolod, amit én... "Belinha csodálkozott.

"Így van. Menjünk együtt az orvoshoz! Nagyszerű ok lesz arra, hogy kihagyjuk a munkát, és ki tudja, nem történik meg, amit akarunk! "mondta Amelinha

"Nagyszerű ötlet! Szóval, mire várunk? Készülődjünk! "kérdezte Belinha.

"Gyerünk! "Amelinha egyetértett.

Ketten elmentek a saját karámjukba. Nagyon izgatottak

voltak a döntés miatt; Még csak nem is néztek ki betegnek. Mindez csak az ő találmányuk volt? Bocsásson meg, olvasó, ne gondoljunk rosszul kedves barátainkra. Ehelyett elkísérjük őket életüknek ebben az izgalmas, új fejezetében.

A hálószobában fürödtek a lakosztályukban, új ruhákat és cipőket vettek fel, fésülték hosszú hajukat, francia parfümöt vettek fel, majd a konyhába mentek. Ott összetörték a tojást és a sajtot, megtöltöttek két kenyeret, és hűtött gyümölcslével ettek. Minden hihetetlenül finom volt. Ennek ellenére úgy tűnt, hogy nem érezték, mert az orvos kinevezése előtti szorongás és idegesség óriási volt.

Miután minden készen állt, elhagyták a konyhát, hogy kilépjenek a házból. Minden egyes lépésnél, amit megtettek, kis szívük lüktetett az érzelmektől, és egy teljesen új élményben gondolkodtak. Áldott legyen mindnyájan! Az optimizmus megragadta őket, és másoknak is követniük kellett!

A ház külső részén a garázsba mennek. Két kísérlettel kinyitják az ajtót, és a szerény piros autó előtt állnak. Annak ellenére, hogy jó ízlésük van az autókban, előnyben részesítették a népszerűeket a klasszikusokkal szemben, mert féltek az összes brazil régióban jelen lévő általános erőszaktól.

A lányok késedelem nélkül óvatosan beszállnak az autóba, óvatosan kijáratot adva, majd egyikük bezárja a garázst, és azonnal visszatér az autóhoz. Ki vezet Amelinha, akinek már tíz éves tapasztalata van? Belinha még nem vezethet.

Az otthonuk és a kórház közötti észrevehetően rövid út biztonsággal, harmóniával és nyugalommal történik. Abban a pillanatban az a hamis érzésük támadt, hogy bármit megtehetnek. Ellentmondásosan féltek ravaszságától és szabadságától.

Magukat is meglepték a megtett intézkedések. Nem volt kevesebb, hogy ribanc jó rohadékoknak hívták őket!

A kórházba érve megbeszélték a találkozót, és várták, hogy felhívják őket. Ebben az időintervallumban kihasználták az uzsonna készítését, és üzeneteket váltottak a mobilalkalmazáson keresztül kedves szexuális szolgáikkal. Cinikusabb és vidámabb ezeknél, lehetetlen volt lenni!

Egy idő után rajtuk a sor, hogy lássák. Elválaszthatatlanok, belépnek az ápolási irodába. Amikor ez megtörténik, az orvos majdnem szívrohamot kap. Előttünk egy ritka férfidarab állt: egy magas, szőke hajú, egy méter és kilencven centiméter magas, szakállas, lófarokot formáló haj, izmos karok és mellek, természetes arcok, angyali megjelenéssel. Még mielőtt megfogalmazhatták volna a reakciót, megkérdezi:

"Üljetek le mind a ketten!

"Köszönöm! "Mindkettőt mondták.

Mindkettőjüknek van ideje gyorsan elemezni a környezetet: a kiszolgáló asztal előtt az orvos, a szék, amelyben ült, és egy szekrény mögött. A jobb oldalon egy ágy. A falon Cândido Portinari író expresszionista festményei ábrázolják a vidéki embert. A hangulat nagyon hangulatos, így a lányok nyugodtak. A relaxáció hangulatát a konzultáció formai aspektusa töri meg.

"Mondjátok el, mit éreztek, lányok!

Ez informálisnak hangzott a lányok számára. Milyen édes volt az a szőke férfi! Finom lehetett enni.

"Fejfájás, elszántság és vírus! – mondta Amelinha.

"Elakad a lélegzetem és fáradt vagyok! "állította Belinha.

"Rendben van! Hadd nézzem meg! Feküdj le az ágyra! "kérdezte a doktor.

A kurvák alig lélegzettek erre a kérésre. A szakember levette ruháik egy részét, és különböző részeken érezte őket, ami hidegrázást és hideg izzadást okozott. Felismerve, hogy nincs velük semmi komoly, a kísérő viccelődött:

"Minden tökéletesnek tűnik! Mit akarsz, mitől féljenek? Egy injekció a seggébe?

"Imádom! Ha nagy és vastag injekcióról van szó, még jobb! "mondta Belinha.

"Lassan fogsz alkalmazni, szerelem? – mondta Amelinha.

"Átmenetileg is túl sokat kérek! "jegyezte meg a klinikus.

Óvatosan becsukja az ajtót, és úgy esik a lányokra, mint egy vadállat. Először leveszi a többi ruhát a testekről. Ez még jobban élesíti libidóját. Teljesen meztelenül egy pillanatra megcsodálja ezeket a szobrászati lényeket. Aztán rajta a sor, hogy megmutassa. Gondoskodik róla, hogy levegyék a ruháikat. Ez növeli a csoport közötti kölcsönhatást és intimitást.

Ha minden készen áll, megkezdik a szex előkészületeit. A nyelv érzékeny részeken, például a végbélnyílásban, a seggben és a fülben történő használatával a szőke mindkét nőnél mini élvezeti orgazmust okoz. Minden rendben ment, még akkor is, amikor valaki folyamatosan kopogtatott az ajtón. Nincs kiút, válaszolnia kell. Sétál egy kicsit, és kinyitja az ajtót. Ennek során találkozik az ügyeletes nővérrel: karcsú, kétfajú ember, vékony lábakkal és kivételesen alacsony.

"Doktor úr, van egy kérdésem a beteg gyógyszerével kapcsolatban: öt" vagy háromszáz milligramm aszpirin? – kérdezte Roberto egy receptet mutatva.

"Ötszáz! – erősítette meg Alex.

Ebben a pillanatban a nővér meglátta a meztelen lányok lábát, akik megpróbáltak elrejteni. Belül nevetett.

"Viccelődik egy kicsit, mi, doki? Ne is hívja barátait!

"Elnézést! Szeretnél csatlakozni a bandához?

"Szeretném!

"Akkor gyéré!

Ketten léptek be a szobába, becsukva maguk mögött az ajtót. A kétfajú személy több mint gyorsan levette a ruháit. Meztelenül megmutatta hosszú, vastag, vézna árbocát trófeaként. Belinha örült, és hamarosan orális szexet adott neki. Alex azt is követelte, hogy Amelinha ugyanezt tegye vele. Orális után análisát kezdtek. Ebben a részben Belinha rendkívül nehezen tudta megtartani a nővér szörnyeteg kakasát. De amint belépett a lyukba, örömük hatalmas volt. Másrészt nem éreztek nehézséget, mert a péniszük normális volt.

Ezután hüvelyi szexet folytattak különböző pozíciókban. Az üregben az oda-vissza mozgás hallucinációkat okozott bennük. E szakasz után a négy csoportos szexben egyesült. Ez volt a legjobb tapasztalat, amelyben a fennmaradó energiákat elköltötték. Tizenöt perccel később mindkettő elfogyott. A nővérek számára a szex soha nem ér véget, de jó, mivel tisztelték ezeknek a férfiaknak a törékenységét. Mivel nem akarták zavarni a munkájukat, abbahagyták a munka igazolásának igazolását és a személyes telefonjukat. Teljesen komponáltan távoztak, anélkül, hogy bárki figyelmét felkeltették volna a kórházi átkelés során.

A parkolóba érve beszálltak az autóba, és elindultak visszafelé. Bármennyire is boldogok, már a következő szexuális huncutságukra gondoltak. A perverz nővérek tényleg valamik voltak!

Magánóra

Olyan délután volt, mint bármelyik másik. A munkából újonnan érkezők, a perverz nővérek házimunkát végeztek. Az összes feladat befejezése után összegyűltek a szobában, hogy egy kicsit pihenjenek. Míg Amelinha könyvet olvasott, Belinha a mobilinternetet használta kedvenc weboldalainak böngészésére.

Egy bizonyos ponton a második hangosan sikoltozik a szobában, ami megrémíti a húgát.

"Mi az, lány? Megőrültél? "kérdezte Amelinha.

"Most léptem be a versenyek weboldalára, hálás meglepetéssel" "tájékoztatott Belinha.

"Mondj többet!

"A szövetségi regionális bíróság regisztrációja nyitott. Tegyük meg?

"Jó hívást, húgom! Mi a fizetés?

"Több, mint tízezer kezdeti dollár.

"Nagyon jó! A munkám jobb. Ennek ellenére részt veszek a versenyen, mert felkészülök arra, hogy más eseményeket keressek. Kísérletként fog szolgálni.

"Nagyon jól csinálod! Bátorítasz engem. Most nem tudom, hol kezdjem. Tudna tippeket adni?

"Vásároljon virtuális tanfolyamot, tegyen fel sok kérdést a teszthelyeken, végezze el és ismételje meg a korábbi teszteket, írjon összefoglalókat, nézze meg a tippeket és töltsön le jó anyagokat az internetről.

"Köszönöm! Megfogadom ezeket a tanácsokat! De valami többre van szükségem. Nézd, nővérem, mivel van pénzünk, mit szólnál ahhoz, ha fizetnénk egy magánóráért?

"Nem gondoltam erre. Ez egy innovatív ötlet! Van javaslata egy kompetens személy számára?

"Van itt egy nagyon kompetens tanárom Arcoverde városából a telefonos kapcsolataim között. Nézd meg a képét!

Belinha odaadta a húgának a mobiltelefonját. Látva a fiú képét, extázisban volt. Amellett, hogy jóképű, okos volt! Tökéletes áldozata lenne annak, ha a pár összekapcsolná a hasznosat a kellemessel.

"Mire várunk? Szerezd meg, nővérem! Hamarosan tanulnunk kell. – mondta Amelinha.

"Megvan! "Belinha elfogadta.

Felkelve a kanapéról, elkezdte tárcsázni a telefon számait a számbillentyűzeten. A hívás kezdeményezése után csak néhány percet vesz igénybe, amíg fogadják.

"Helló. Mindannyian, igaz?

"Ez mind nagyszerű, Renato.

"Küldd ki a parancsokat.

"Az interneten böngésztem, amikor felfedeztem, hogy a szövetségi regionális bíróság versenyére lehet jelentkezni. Azonnal tiszteletre méltó tanárnak neveztem el az elmémet. Emlékszel az iskolai szezonra?

"Jól emlékszem arra az időre. Jó idők azoknak, akik nem jönnek vissza!

"Úgy van! Van ideje magánórát tartani nekünk?

"Micsoda beszélgetés, fiatal hölgy! Neked mindig van időm! Milyen dátumot tűzünk ki?

"Meg tudjuk csinálni holnap 2:00-kor? El kell küzdenünk!

"Természetesen igen! Segítségemmel alázatosan mondom, hogy az átjutás esélye hihetetlenül megnő.

"Biztos vagyok benne!

"Milyen jó! 2:00-kor számíthatsz rám.

"Köszönöm szépen! Viszlát holnap!

"Később találkozunk!

Belinha letette a telefont, és mosolyt rajzolt társának. Amelinha gyanakodva kérdezte:

"Hogy ment?

"Elfogadta. Holnap 2:00-kor itt lesz.

"Milyen jó! Az idegek megölnek!

"Csak nyugi, nővérem! Minden rendben lesz.

"Ámen!

"Készítsünk vacsorát? Már éhes vagyok!

"Jól emlékszem.!

A pár a nappaliból a konyhába ment, ahol kellemes környezetben beszélgettek, játszottak, főztek többek között. A fájdalom és a magány által egyesített nővérek példaértékű alakjai voltak. Az a tény, hogy rohadékok voltak a szexben, csak még inkább minősítette őket. Mint mindannyian tudják, a brazil nőnek meleg vére van.

Nem sokkal később az asztal körül fraternizáltak, az életről és annak viszontagságairól gondolkodtak.

"Amikor ezt a finom Csirke krém ettem, emlékszem a fekete emberre és a tűzoltókra! Pillanatok, amelyek úgy tűnik, soha nem múlnak el! "mondta Belinha!

"Mesélj róla! Azok a srácok finomak! Nem is beszélve a nővérről és az orvosról! Én is imádtam! "Emlékezett Amelinha!

"Igaz, húgom! Egy gyönyörű árboc birtokában minden ember kellemes lesz! A feministák bocsosának meg nekem!

"Nem kell olyan radikálisnak lennünk...!

Mindketten nevetnek, és tovább eszik az asztalon lévő ételt. Egy pillanatig semmi más nem számított. Egyedül voltak a világon, és ez a szépség és a szerelem istennőivé minősítette őket. Mert a legfontosabb dolog az, hogy jól érezzük magunkat és önbecsülésünk legyen.

Magabiztosan folytatják a családi rituálét. Ennek a szakasznak a végén szörföznek az interneten, zenét hallgatnak a nappali sztereóján, szappanoperákat és később pornófilmet néznek. Ez a rohanás lélegzetelállító és fáradt lesz, és arra kényszeríti őket, hogy pihenjenek a saját szobájukban. Türelmetlenül várták a következő napot.

Nem tart sokáig, amíg mély álomba esnek. A rémálmokon kívül az éjszaka és a hajnal a normál tartományon belül zajlik. Amint hajnal jön, felkelnek és elkezdik követni a szokásos rutint: fürdő, reggeli, munka, hazatérés, fürdő, ebéd, napozás és költöznek a szobába, ahol várják a tervezett látogatást.

Amikor kopogást hallanak az ajtón, Belinha feláll és válaszol. Ennek során találkozik a mosolygó tanárral. Ez jó belső elégedettséget okozott neki.

"Isten hozott újra, barátom! Készen állsz arra, hogy taníts minket?

"Igen, nagyon, nagyon kész! Még egyszer köszönöm a lehetőséget! – mondta Renato.

"Menjünk be! – mondta Belinha.

A fiú nem gondolta kétszer, és elfogadta a lány kérését. Üdvözölte Amelinha, és jelére leült a kanapéra. Első dolga az volt, hogy levette a fekete kötött blúzt, mert túl meleg volt. Ezzel otthagyta jól kidolgozott mellvértjét az edzőteremben, csöpögött az izzadság és sötét bőrű fénye. Mindezek a részletek természetes afrodiziákumok voltak a két "perverz" számára.

Úgy tettek, mintha semmi sem történne, beszélgetést kezdeményeztek hármójuk között.

"Jó osztályt készített, professzor úr? "kérdezte Amelinha.

"Bizony! Kezdjük milyen cikkel? – kérdezte Renato.

"Nem tudom... – mondta Amelinha.

"Mit szólnál, ha előbb jól éreznénk magunkat? Miután levetted az ingedet, nedves lettem! "vallotta be Belinha.

"Én is "mondta Amelinha.

"Ti ketten tényleg szexmániákusok vagytok! Hát nem ezt szeretem? "mondta a mester.

Anélkül, hogy választ várt volna, levette kék farmernadrágját, amely combjának mutatta, napszemüvegét kék szemével, végül fehérneműjét, amely hosszú péniszének tökéletességét mutatta, közepes vastagságú és háromszög alakú fejjel. Elég volt, hogy a kis kurvák a tetejére estek, és elkezdjék élvezni azt a férfias, joviális testet. Segítségével levették a ruháikat, és megkezdték a szex előkészületeit.

Röviden, ez egy csodálatos szexuális találkozás volt, ahol sok új dolgot tapasztaltak meg. Negyven perc vad szex volt, teljes harmóniában. Ezekben a pillanatokban az érzelem olyan nagy volt, hogy észre sem vették az időt és a teret. Ezért végtelenek voltak Isten szeretete által.

Amikor elérték az extázist, egy kicsit megpihentek a

kanapén. Ezután tanulmányozták a verseny által felszámított tudományágakat. Diákként mindketten segítőkészek, intelligensek és fegyelmezettek voltak, amit a tanár is megjegyzett. Biztos vagyok benne, hogy úton voltak a jóváhagyás felé.

Három órával később abbahagyták az ígéretes új tanulmányi találkozókat. Az életben boldogok voltak, a perverz nővérek elmentek, hogy gondoskodjanak egyéb feladataikról, már a következő kalandjaikra gondolva. A városban "A telhetetlen" néven ismerték őket.

Verseny teszt

Már egy ideje. Körülbelül két hónapig a perverz nővérek a rendelkezésre álló idő szerint szentelték magukat a versenynek. Minden nappal, ami eltelt, jobban felkészültek arra, ami jött és ment. Ugyanakkor voltak szexuális találkozások, és ezekben a pillanatokban felszabadultak.

Végre elérkezett a tesztnap. A hátország fővárosából korán indulva a két nővér elindult a BR 232-es autópályán, összesen 250 km-es útvonalon. Útközben elhaladtak az állam belsejinek főbb pontjai mellett: Pesqueira, Gyönyörű kert, Szent Gaetano, Caruaru, Gravatá, Borjak és szent győzelme Antao. Mindegyik városnak volt egy története, és tapasztalataik alapján teljesen magukba szívták. Milyen jó volt látni a hegyeket, az atlanti erdőt, a brazil szavanna, a gazdaságokat, a gazdaságokat, a falvakat, a kisvárosokat, és kortyolni az erdőkből áradó tiszta levegőt. Pernambuco csodálatos állam volt!

A főváros városi kerületébe lépve ünneplik az Utazás jó megvalósítását. Menjen a fő úton a szomszédságba, ahol jó utat tennének, ahol elvégeznék a tesztet. Útközben zsúfolt forgalommal, idegenek közömbösségével, szennyezett levegővel és útmutatás hiányával szembesülnek. De végül sikerült. Belépnek az adott épületbe, azonosítják magukat, és megkezdik a tesztet, amely két periódusig tart. A teszt első részében teljes mértékben a feleletválasztós kérdések kihívására összpontosítanak. Nos, az eseményért felelős bank által kidolgozott munka a kettő közül a legkülönfélébb kidolgozásokat ösztönözte. Véleményük szerint jól teljesítettek. Amikor szünetet tartottak, elmentek ebédelni és gyümölcslevet fogyasztani az épület előtti étterembe. Ezek a pillanatok Fontosak voltak számukra, hogy megőrizzék bizalmukat, kapcsolatukat és barátságukat.

Ezután visszatértek a teszthelyre. Ezután kezdődött a rendezvény második szakasza más tudományágakkal foglalkozó kérdésekkel. Még ha nem is tartották ugyanazt a tempót, még mindig nagyon éleslátóak voltak a válaszaikban. Ily módon bebizonyították, hogy a versenyek átadásának legjobb módja az, ha sokat fordítanak a tanulmányokra. Nem sokkal később véget vetettek magabiztos részvételüknek. Átadták a bizonyítékokat, visszatértek az autóhoz, és a közeli strand felé haladtak.

Útközben játszottak, bekapcsolták a hangot, kommentálták a versenyt, és Recife utcáin haladtak, figyelve a főváros kivilágított utcáit, mert éjszaka volt. Csodálkoznak a látványon. Nem csoda, hogy a város a "trópusok fővárosa" néven ismert. A naplemente még csodálatosabb megjelenést kölcsönöz a környezetnek. Milyen jó ott lenni abban a pillanatban!

Amikor elérték az új pontot, megközelítették a tenger partját, majd elindultak a hideg és nyugodt vízbe. A kiváltott érzés az öröm, az elégedettség, az elégedettség és a béke eksztatikus érzése. Az idő nyomát elveszítve úsznak, amíg fáradtak. Ezután csillagfényben fekszenek a tengerparton, félelem és aggodalom nélkül. A varázslat ragyogóan megragadta őket. Ebben az esetben az egyik szó a "mérhetetlen" volt.

Egy bizonyos ponton, amikor a strand szinte elhagyatott, a lányok két férfija közeledik. Megpróbálnak felállni és futni a veszélyekkel szemben. De a fiúk erős karjai megállítják őket.

"Nyugi, lányok! Nem fogunk bántani! Csak egy kis figyelmet és szeretetet kérünk! "szólalt meg egyikük.

A lágy hangon a lányok meghatottan nevettek. Ha szexet akartak, miért nem elégítik ki őket? Szakértők voltak ebben a művészetben. Elvárásaiknak eleget téve felálltak, és segítettek nekik levenni a ruháikat. Két óvszert szállítottak és sztriptízt készítettek. Ez elég volt ahhoz, hogy az őrületbe kergesse azt a két férfit.

A földre esve párban szerették egymást, és mozdulataik megrázták a padlót. Megengedték maguknak mindkettő szexuális variációját és vágyát. Ezen a szállítási ponton nem törődtek semmivel és senkivel. Számukra egyedül voltak az univerzumban a szeretet nagy rituáléjában, előítéletek nélkül. A szexben teljesen összefonódtak, soha nem látott erőt hozva létre. A hangszerekhez hasonlóan egy nagyobb erő részei voltak az élet folytatásában.

Csak a kimerültség kényszeríti őket, hogy megálljanak. Teljesen elégedetten a férfiak kilépnek és elsétálnak. A lányok úgy döntenek, hogy visszamennek az autóhoz. Megkezdik útjukat vissza a lakóhelyükre. Nos, magukkal vitték tapasztalataikat, és jó híreket vártak a versenyről, amelyen részt vettek. Minden bizonnyal megérdemelték a legjobb szerencsét a világon.

Három órával később békében tértek haza. Hálát adnak Istennek az alvás áldásaiért. A minap még több érzelmet vártam a két mániákusra.

A tanár visszatérése

Hajnal. A nap korán kel, sugarai áthaladnak az ablak repedésein, és megsimogatják kedves csajaink arcát. Ezenkívül a finom reggeli szellő segített hangulatot teremteni bennük. Milyen jó volt, hogy lehetőségem volt még egy napot az Atya áldásával! Lassan egyszerre kelnek fel ágyukból. Fürdés után találkozásukra a lombkorona alatt kerül sor, ahol együtt készítik el a reggelit. Ez az öröm, a várakozás és a figyelemelterelés pillanata, amely hihetetlenül fantasztikus időkben osztja meg tapasztalatait.

Miután a reggeli elkészült, összegyűlnek az asztal körül, kényelmesen ülnek a fából készült székeken, háttámlával az oszlop számára. Miközben esznek, intim élményeket cserélnek.

Belinha

Húgom, mi volt ez?

Amelinha

Tiszta érzelem! Még mindig emlékszem azoknak a drága kreténeknek a testének minden részletére!

Belinha

Én is! Hatalmas örömet éreztem. Szinte extraszenzoros volt.

Amelinha

Tudom! Csináljuk ezeket az őrült dolgokat gyakrabban!

Belinha

Egyetértek!

Amelinha

Tetszett a teszt?

Belinha

Imádtam. Meghalok, hogy ellenőrizzem a teljesítményemet!

Amelinha

Én is!

Amint befejezték az etetést, a lányok felvették mobiltelefon-jukat a mobil internet segítségével. A szervezet oldalára navigáltak, hogy ellenőrizzék a bizonyíték visszajelzését. Papírra írták, és bementek a szobába, hogy ellenőrizzék a válaszokat.

Odabent ugráltak örömükben, amikor meglátták a jó hangot. Elmúltak! Az érzett érzelmet most nem lehetett visszatartani. Miután sokat ünnepelt, a legjobb ötlete támad: meghívni Renato mestert, hogy megünnepelhessék a küldetés sikerét. Belinha ismét felelős a misszióért. Felveszi a telefonját és felhívja.

Belinha

Üdvözlöm?

Renátó

Szia, jól vagy? Hogy vagy, édes Belinha?

Belinha

Remek! Találd ki, mi történt.

Renátó

Ne mondd meg nekem....

Belinha

Igen! Átmentünk a versenyen!

Renátó

Gratulálok! Nem megmondtam?

Belinha

Nagyon köszönöm a minden tekintetben tanúsított együttműködésüket. Értesz engem, ugye?

Renátó

Megértem. Létre kell hoznunk valamit. Lehetőleg a házában.

Belinha

Pontosan ezért hívtam. Meg tudjuk csinálni ma?

Renátó

Igen! Ma este meg tudom csinálni.

Belinha

Csoda. Este nyolc órakor várjuk Önöket.

Renátó

Oké. Elhozhatom a testvéremet?

Belinha

Természetesen!

Renátó

Viszlát!

Belinha

Viszlát!

A kapcsolat véget ér. A húgára nézve Belinha nevetni kezd a boldogságtól. A másik kíváncsian kérdezi:

Amelinha

Na és? ő jön?

Belinha

Rendben van! Ma este nyolc órakor újra találkozunk. Ő és a testvére jönnek! Gondoltál már az orgiára?

Amelinha

Mesélj róla! Már lüktetek az érzelmektől!

Belinha

Legyen szív! Remélem, sikerül!

Amelinha

"Minden ki van dolgozva!

Ketten egyszerre nevetnek, pozitív rezgésekkel töltve meg a környezetet. Abban a pillanatban nem volt kétségem afelől, hogy a sors összeesküdött egy éjszakai szórakozásra annak a mániákus duónak. Már annyi szakaszt értek el együtt, hogy most sem gyengülnének. Ezért továbbra is bálványozniuk kell a férfiakat, mint szexuális játékot, majd el kell dobniuk őket. Ez volt a legkevesebb, amit a faj tehetett, hogy megfizessen a szenvedésükért. Valójában egyetlen nő sem érdemli meg, hogy szenvedjen. Vagy inkább minden nő nem érdemel fájdalmat.

Ideje munkába állni. Miután a szobát már készen hagyják, a két nővér a garázsba megy, ahol saját autójukkal távoznak. Amelinha először Belinha viszi iskolába, majd elindul a farm irodájába. Ott örömöt sugároz, és elmondja a szakmai híreket. A verseny jóváhagyásához mindenki gratulációját kapja. Ugyanez történik Belinha is.

Később hazatérnek és újra találkoznak. Ezután megkezdődik a felkészülés a kollégák fogadására. A nap még különlegesebbnek ígérkezett.

Pontosan a tervezett időpontban kopogást hallanak az ajtón. Belinha, a legokosabb közülük, feláll és válaszol. Határozott és biztonságos lépésekkel beteszi magát az ajtón, és lassan kinyitja. A művelet befejezése után megjeleníti a testvérpárt. A fogadó jelzésével belépnek és letelepednek a nappaliban lévő kanapén.

Renátó

Ez a bátyám. A neve Ricardo.

Belinha

Örülök, hogy találkoztunk, Ricardo.

Amelinha

Szeretettel várjuk itt!

Ricardo

Mindkettőjüknek köszönetet mondok. Az öröm mind az enyém!

Renátó

Készen állok! Bemehetünk a szobába?

Belinha

Gyerünk!

Amelinha

Ki kap most kit?

Renátó

Én magam választom Belinha.

Belinha

Köszönöm, Renato, köszönöm! Együtt vagyunk!

Ricardo

Örömmel maradok Amelinha!

Amelinha

Reszketni fogsz!

Ricardo

Meglátjuk!

Belinha

Akkor Kezdődjön a buli!

A férfiak óvatosan a karjukra helyezték a nőket, és felvitték őket az egyikük hálószobájában található ágyakhoz. A helyszínre érve leveszik ruháikat, és beleesnek a gyönyörű bútorokba, több pozícióban kezdve a szeretet rituáléját, simogatást és bűnrészességet cserélnek. Az izgalom és az öröm olyan nagy volt, hogy a nyögések az utca túloldalán is hallhatók voltak, megbotránkoztatva a szomszédokat. Úgy értem, nem annyira, mert már tudtak a hírnevükről.

A tétjééről levont következtetéssel a szerelmesek visszatérnek a konyhába, ahol gyümölcslé isznak süteményekkel. Miközben esznek, két órán át beszélgetnek, növelve a csoport interakcióját. Milyen jó volt ott lenni, tanulni az életről és arról, hogyan lehet boldog. Az elégedettség azt jelenti, hogy jól vagy magaddal és a világgal, megerősíted tapasztalatait és értékeit mások előtt, hordozva azt a bizonyosságot, hogy mások nem ítélhetnek meg. Ezért a maximum, amit hittek, az volt, hogy "Mindenki a saját személye".

Alkonyatkor végül elbúcsúznak. A látogatók még eufórikusabban hagyják el a "Kedves Pireneusokat", amikor új helyzetekre gondolnak. A világ csak fordult a két bizalmasa felé. Legyen szerencséjük!

A mániás bohóc

Eljött a vasárnap, és vele együtt sok hír érkezett a városban. Köztük a " csillag" nevű cirkusz érkezése, amely egész Brazíliában híres. Ez minden, amiről beszéltünk ezen a területen. A két nővér kíváncsian úgy programozta, hogy részt vegyenek az erre az estére tervezett előadás megnyitóján.

A menetrend közelében ők ketten már készen álltak arra, hogy egy különleges vacsora után elinduljanak a nőtlen személy ünnepére. A gálára öltözve mindketten egyszerre vonultak fel, ahol elhagyták a házat és beléptek a garázsba. Az autóba belépve azzal kezdik, hogy egyikük lejűn és bezárja a garázst. Ugyanez visszatérésével az utazás minden további probléma nélkül folytatható.

A Szent Christopher kerületet elhagyva a város másik végén található Boa Vista kerület felé veszi az irányt, amely a hátország fővárosa, mintegy nyolcvanezer lakossal. Ahogy sétálnak a csendes sugárutakon, lenyűgözi őket az építészet, a karácsonyi dekoráció, az emberek szelleme, a templomok, a hegyek, amelyekről úgy tűnt, hogy beszélnek, az illatos szójátékok, amelyeket cinkosan cseréltek, a hangos rock hangja, a francia parfüm, a beszélgetések politikáról, üzletről, társadalomról, pártokról, északkeleti kultúráról és titkokról. Mindenesetre teljesen nyugodtak, szorongóak, idegesek és koncentráltak voltak.

Útközben azonnal finom eső esik. Az elvárásokkal ellentétben a lányok kinyitják a jármű ablakait, és apró vízcseppek kenik az arcukat. Ez a gesztus megmutatja egyszerűségüket és hitelességüket, igazi önasztrális bajnokok. Ez a legjobb megoldás az emberek számára. Mi értelme eltávolítani a múlt kudarcait, nyugtalanságát és fájdalmát? Nem vinnék őket sehova. Ezért voltak boldogok a döntéseik során. Bár a világ megítélte őket, nem törődtek velük, mert övék volt a sorsuk. Boldog születésnapot nekik!

Körülbelül tíz percre vannak, már a cirkuszhoz csatolt parkolóban vannak. Bezárják az autót, néhány métert sétálnak a környezet belső udvarába. A korai érkezéshez az első fehérítőkön ülnek. Amíg a showra vársz, pattogatott kukoricát, sört vásárolnak, eldobják a baromságot és a néma szójátékokat. Semmi sem volt jobb, mint a cirkuszban lenni!

Negyven perccel később kezdődik a műsor. A látnivalók közé tartoznak a viccelő bohócok, akrobaták, trapéz művészek, törzsökök, halálgömb, bűvészek, zsonglőrök és zenei show. Három órán keresztül varázslatos pillanatokat élnek, viccesek, zavartak, játszanak, szerelmesek, végre élnek. A műsor fel-bomlásával mindenképpen az öltözőbe mennek, és üdvözlők az egyik bohócot. Úgy vidította fel őket, mintha soha nem történt volna meg.

A színpadon meg kell kapnod egy sort. Véletlenül ők az utolsók, akik bemennek az öltözőbe. Ott találnak egy eltorzult bohócot, távol a színpadtól.

"Azért jöttünk ide, hogy gratuláljunk a nagyszerű showhoz. Isten ajándéka van benne! Nézte Belinha.

"Szavaid és gesztusaid megrázták a lelkemet. Nem tudom, de szomorúságot vettem észre a szemedben. Igazam van?

"Köszönöm mindkettőtöknek a szavakat. Mi a neved? Válaszolt a bohóc.

"A nevem Amelinha!

"A nevem Belinha.

"Örülök, hogy találkoztunk. Hívhatsz Gilbertónak! Elég fájdalmamon mentem keresztül ebben az életben. Az egyik a feleségemtől való közelmúltbeli elválás volt. Meg kell értened, hogy 20 év élet után nem könnyű elválni a feleségedtől, igaz? Ettől függetlenül örömmel teljesítem a művészetemet.

"Szegény fickó! Sajnálom! (Amelinha).

"Mit tehetünk, hogy felvidítsuk? (Belinha).

"Nem tudom, hogyan. A feleségem szakítása után nagyon hiányzik. (Gilberto).

"Meg tudjuk oldani, nemde, nővérem? (Belinha).

"Persze. Jó megjelenésű ember vagy. (Amelinha)

"Köszönöm, lányok. Csodálatos vagy. "kiáltott fel Gilberto.

Anélkül, hogy tovább várt volna, a fehér, magas, erős, sötét szemű férfias levetkőzött, és a hölgyek követték példáját. Meztelenül a trió ott a padlón ment bele az előjátékba. Az érzelmek és káromkodások cseréjénél a szex szórakoztatta és felvidította őket. Ezekben a rövid pillanatokban egy nagyobb erő, Isten szeretetének részeit érezték. A szereteten keresztül elérték azt a nagyobb extázist, amit egy ember elérhet.

A cselekmény befejezése után felöltöznek és elbúcsúznak. Még egy lépés és a következtetés az volt, hogy az ember vad farkas. Egy mániás bohóc, akit soha nem fogsz elfelejteni. Nem tovább, elhagyják a cirkuszt a parkolóba költözve. Beülnek az autóba, és elindulnak visszafelé. A következő napok további meglepetéseket ígértek.

A második hajnal szebb lett, mint valaha. Kora reggel barátaink örömmel érzik a nap melegét és a szellőt az arcukon. Ezek az ellentétek fizikai szempontból a szabadság, az elégedettség, az elégedettség és az öröm jó érzését okozták. Készen álltak arra, hogy szembenézzenek egy új nappal.

Azonban erőiket összpontosítják, amelyek az emelésükben csúcsosodnak ki. A következő lépés az, hogy elmennek a lakosztályba, és rendkívüli varianciával csinálják, mintha Bahia államból származnának. Természetesen nem bántani kedves szomszédjainkat. Minden szent földje látványos hely, tele kultúrával, történelemmel és világi hagyományokkal. Éljen Bahia!

A fürdőszobában leveszik a ruháikat azzal a furcsa érzéssel, hogy nincsenek egyedül. Ki hallott már a szőke fürdőszoba legendájáról? Egy horrorfilm-maraton után normális volt, hogy bajba került vele. A következő pillanatban bólogatnak a fejükkel, próbálnak csendesebbek lenni. Hirtelen mindegyiküknek eszébe jut, politikai pályájuk, állampolgári oldaluk, szakmai, vallási oldaluk és szexuális aspektusuk. Jól érzik magukat, ha tökéletlen eszközök. Biztosak voltak abban, hogy a tulajdonságok és hibák hozzáadódtak személyiségükhöz.

Továbbá bezárkóznak a fürdőszobába. A zuhany kinyitásával hagyták, hogy a forró víz átáramoljon az előző éjszaka hősége miatt izzadt testeken. A folyadék katalizátorként szolgál, amely elnyeli az összes szomorú dolgot. Most pontosan erre volt szükségük: elfelejteni a fájdalmat, a traumát, a csalódást, az új elvárások keresésének nyugtalanságát. Ebben az év döntő fontosságú volt. Fantasztikus fordulat az élet minden területén.

A tisztítási folyamat a víz mellett növényi szivacsok, szappan, sampon használatával kezdődik. Jelenleg az egyik legjobb örömet érzik, ami arra kényszeríti Önt, hogy emlékezzen a zátonyon lévő jegyre és a tengerparti kalandokra. Ösztönösen vad szellemük további kalandokat kér abban, amit maradnak, hogy elemezzék, amint csak tudják. A helyzetet kedvezett a mindkettőjük munkájában teljesített szabadidő, mint a közszolgálat iránti elkötelezettség díja.

Körülbelül 20 percig egy kicsit félreteszik céljaikat, hogy reflektív pillanatot éljenek a saját intimitásukban. E tevékenység végén kijönnek a WC-ből, letörlik a nedves testet a törülközővel, tiszta ruhát és cipőt viselnek, svájci parfümöt viselnek, Németországból importált sminket valóban szép napszemüveggel és tiarával. Teljesen készen állnak, a pohárhoz mennek, erszényükkel a szalagon, és boldogan köszöntik magukat az újra egyesüléssel, hálát adva a Jóistennek.

Együttműködve elkészítik az irigység reggelijét: kuszkusz csirkeszószban, zöldségekben, gyümölcsökben, kávékrémben és kekszben. Egyenlő részekben az élelmiszer megoszlik. A csend pillanatait rövid szóváltásokkal váltogatják, mert udvariasok voltak. Befejezték a reggelit, nincs menekvés azon túl, amit szándékoztak.

"Mit javasolsz, Belinha? Unatkozom!

"Van egy okos ötletem. Emlékszel arra a személyre, akivel az irodalmi fesztiválon találkoztunk?

"Emlékszem. Író volt, és isteni volt a neve.

"Megvan a száma. Mit szólnál, ha felvennénk velünk a kapcsolatot? Szeretném tudni, hol lakik.

"Én is. Nagyszerű ötlet. Csináld. Imádni fogom.

"Rendben!

Belinha kinyitotta a pénztárcáját, elvette a telefonját, és tárcsázni kezdett. Néhány pillanat múlva valaki válaszol a sorra, és megkezdődik a beszélgetés.

"Helló.

"Szia, Isteni. Rendben?

"Rendben, Belinha. Mi a helyzet?

"Jól vagyunk. Nézd, ez a meghívás még mindig tart? A húgommal szeretnénk ma este egy különleges műsort tartani.

"Természetesen igen. Nem fogod megbánni. Itt vannak

fűrészek, bőséges természet, friss levegő a nagy társaságon túl. Ma is elérhető vagyok.

"Milyen csodálatos. Nos, várjon minket a falu bejáratánál. A legtöbb 30 percben ott vagyunk.

"Rendben van. Viszlát!

"Később találkozunk!

A hívás véget ér. Belinha vigyorogva visszatér, hogy kommunikáljon a húgával.

"Igent mondott. És mi?

"Gyerünk. Mire várunk még?

Mindketten felvonulnak a pohártól a ház kijáratáig, és kulccsal becsukják maguk mögött az ajtót. Aztán a garázsba költöznek. Ők vezetik a hivatalos családi autót, hátrahagyva problémáikat, új meglepetésekre és érzelmekre várva a világ legfontosabb földjén. A városon keresztül, hangos hangon, megőrizték kis reményüket maguknak. Abban a pillanatban mindent megért, amíg nem gondoltam arra a lehetőségre, hogy örökké boldog legyek.

Rövid idő múlva a BR 232-es autópálya jobb oldalán haladnak. Tehát elindítja a teljesítmény és a boldogság felé vezető utat. Mérsékelt sebességgel élvezhetik a hegyi tájat a pálya partján. Bár ismert környezet volt, minden átjáró több volt, mint újdonság. Ez egy újra felfedezett én volt.

Áthaladva a helyeken, gazdaságokon, falvakon, kék felhőkön, hamu és rózsákon, száraz levegő és meleg hőmérséklet megy. A programozott időben a brazil belföld legbukolikusabb bejáratához érkeznek. Az ezredesek, a pszichés, a Szeplőtelen Fogantatás és a magas intellektuális képességű emberek Mimoso-ja.

Amikor megálltak a kerület bejáratánál, ugyanolyan mosollyal várták kedves barátodat, mint mindig. Jó jel azoknak, akik kalandokat kerestek. Kiszállva az autóból, találkoznak a nemes kollégával, aki háromszoros öleléssel fogadja őket. Úgy tűnik, hogy ez a pillanat nem ér véget. Már megismétlődnek, elkezdik megváltoztatni az első benyomásokat.

"Hogy vagy, Isteni? "kérdezte Belinha.

"Jó, hogy vagy? Megfelelt a pszichésnek.

"Nagyszerű! (Belinha).

"Jobban, mint valaha, kiegészítette Amelinha.

"Van egy nagyszerű ötletem. Mit szólnál, ha felmennénk az Ororubá-hegyre? Pontosan nyolc évvel ezelőtt kezdődött az irodalmi pályám.

"Micsoda szépség! Megtiszteltetés lesz! (Amelinha).

"Nekem is! Szeretem a természetet. (Belinha).

"Szóval, menjünk most. (Aldivan).

A két nővér titokzatos barátja aláírta, hogy kövesse, és a belváros utcáin haladt. Jobbra, belépve egy privát helyre, és körülbelül száz métert sétálva a fűrész aljára helyezik őket. Gyorsan megállnak, így pihenhetnek és hidratálhatnak. Milyen volt megmászni a hegyet ennyi kaland után? Az érzés béke, összeszedődé, kétség és tétovázás volt. Olyan volt, mintha ez lett volna az első alkalom, hogy a sors minden kihívással szembesült. Hirtelen a barátok mosolyogva néznek szembe a nagy íróval.

"Hogyan kezdődött az egész? Mit jelent ez számodra? (Belinha).

"2009-ben az életem monotonitásban forgott. Ami életben tartott, az az akarat volt, hogy külsővé tegyem azt, amit a világban éreztem. Ekkor hallottam erről a hegyről és csodálatos barlangjának erejéről. Nincs kiút, úgy döntöttem, hogy kockáztatok az álmom nevében. Összepakoltam, felmásztam a hegyre, teljesítettem három kihívást, amelyek akkreditáltak a kétségbeesés barlangjába, a világ leghalálosabb, legveszélyesebb barlangjába. Benne nagy kihívásokat múltam felül azzal, hogy végül bejutottam a kamrába. Az extázisnak abban a pillanatában történt meg a csoda, én lettem a pszichikus, mindentudó lény a látomásain keresztül. Eddig húsz kaland volt, és nem fogom abbahagyni ilyen hamar. Az olvasóknak köszönhetően fokozatosan elérem a célomat, hogy meghódítsam a világot.

"Izgalmas. Rajongok a tiédért. (Amelinha).

"Megható. Tudom, mit kell érezned, ha újra elvégzed ezt a feladatot. (Belinha).

"Kitűnő. Jó dolgok keverékét érzem, beleértve a sikert, a hitet, a karmot és az optimizmust. Ez jó energiát ad nekem, mondta a médium.

"Jó. Milyen tanácsot adsz nekünk?

"Összpontosítsunk tovább. Készen álltok arra, hogy jobbat tudjatok meg magatoknak? (a mester).

"Igen. Mindkettőbe beleegyeztek.

"Akkor kövess engem.

A trió újraindította a vállalkozást. A nap felmelegszik, a szél egy kicsit erősebbé válik, a madarak elrepülnek és énekelnek, a kövek és a tövisek mozognak, a föld megrázkódik, és a hegyi hangok elkezdenek cselekedni. Ez a környezet jelenik meg a fűrész mászásakor.

Sok tapasztalattal a barlangban lévő férfi folyamatosan segíti a nőket. Így cselekedve olyan gyakorlati erényeket helyezett el, mint a szolidaritás és az együttműködés. Cserébe emberi hőséget és egyenlőtlen odaadást kölcsönöztek neki. Mondhatnánk, hogy ez volt az a leküzdhetetlen, megállíthatatlan, kompetens trió.

Apránként lépésről lépésre haladnak fel a boldogság lépéseire. A jelentős eredmények ellenére fáradhatatlanok maradnak a keresésükben. A folytatásban kissé lassítják a séta ütemét, de stabilan tartják. Ahogy a mondás tartja, lassan messzire megy. Ez a bizonyosság kíséri őket mindig, létrehozva a betegek, az óvatosság, a tolerancia és a legyőzés spirituális spektrumát. Ezekkel az elemekkel hitük volt legyőzni minden nehézséget.

A következő pont, a szent kő, a tanfolyam egyharmadát zárja le. Van egy rövid szünet, és élvezik, hogy imádkozhatnak, köszönetet mondhatnak, elmélkedhetnek és megtervezhetik a következő lépéseket. A megfelelő mértékben igyekeztek kielégíteni reményeiket, félelmeiket, fájdalmukat, kínzásukat és bánatukat. Mert hitük van, kitörölhetetlen béke tölti el a szívüket.

Az utazás újraindításával a bizonytalanság, a kétségek és a váratlan erő visszatér a cselekvéshez. Bár ez megijeszthette őket, hordozták azt a biztonságot, hogy Isten jelenlétében és a szárazföld belsejiben lévő kis hajtásban lehetnek. Semmi és senki nem árthat nekik egyszerűen azért, mert Isten nem engedi. Ezt a védelmet az élet minden nehéz pillanatában felismerték, amikor mások egyszerűen elhagyták őket. Isten gyakorlatilag az egyetlen hűséges barátunk.

Továbbá félúton vannak. A mászás továbbra is nagyobb

odaadással és dallammal zajlik. Ellentétben azzal, ami általában a hétköznapi hegymászókkal történik, a ritmus segíti a motivációt, az akaratot és a szállítást. Bár nem voltak sportolók, figyelemre méltó volt teljesítményük, mivel egészségesek és elkötelezettek fiatalok voltak.

Az útvonal háromnegyedének teljesítése után az elvárások elviselhetetlen szintre emelkednek. Meddig kellene várniuk? Ebben a nyomasó pillanatban a legjobb dolog az volt, hogy megpróbáltuk kontrollálni a kíváncsiság lendületét. Minden óvatosság most az ellenséges erők fellépésének köszönhető.

Egy kicsit több idővel végül befejezik az útvonalat. A nap fényesebben süt, Isten fénye megvilágítja őket, és kilépnek az ösvényből, az őrzőből és fiából, Renato. Minden teljesen újjászületett ezeknek a kedves kicsiknek a szívében. Megérdemelték ezt a kegyelmet, mert olyan keményen dolgoztak. A pszichés következő lépése az, hogy szoros ölelésbe kerül jótevőivel. Kollégái követik őt, és megölelik az ötöst.

"Jó látni, Isten fia! Rég nem láttalak! Anyai ösztönöm figyelmeztetett közeledésedre "mondta az ősi hölgy.

"Örülök! Olyan, mintha emlékeznék az első kalandomra. Olyan sok érzelem volt. A hegy, a kihívások, a barlang és az időutazás jellemezte a történetemet. Visszatérve ide, jó emlékeket kapok. Most két barátságos harcost hozok magammal. Szükségük volt erre a találkozásra a szenttel.

"Mi a neve, hölgyeim? "kérdezte a hegy őrzője.

"A nevem Belinha, és könyvvizsgáló vagyok.

"A nevem Amelinha, és tanár vagyok. Arcoverde-ben élünk.

"Isten hozta, hölgyeim. (A hegy őre.)

"Hálásak vagyunk! "mondta a két látogató könnyes szemmel.

"Szeretem az új barátságokat is. Az, hogy újra a mesterem mellett lehetek, különleges örömet okoz nekem azoktól a kimondhatatlanoktól. Az egyetlen ember, aki tudja, hogyan kell ezt megérteni, mi ketten vagyunk. Nem igaz, partner? (Renato).

"Soha nem változol, Renato! A szavaid felbecsülhetetlenek. Minden őrületem ellenére az, hogy megtaláltam őt, sorsom egyik jó dolga volt.

A barátom és a bátyám válaszolt a médiumnak anélkül, hogy kiszámította volna a szavakat. Természetesen jöttek ki az igazi érzésért, amely táplálta őt.

"Ugyanabban a mértékben levelezünk. Ezért sikeres a történetünk – mondta a fiatalember.

"Milyen jó benne lenni ebben a történetben. Fogalmam sem volt, milyen különleges a hegy a pályáján, kedves író, mondta Amelinha.

"Nagyon csodálatra méltó, húgom. Emellett a barátaid valóban kedvesek. A valódi fikciót éljük, és ez a legcsodálatosabb dolog, ami létezik. (Belinha).

"Nagyra értékeljük a bókot. Azonban biztosan fáradt a hegymászás során alkalmazott erőfeszítésektől. Mi lenne, ha hazamennénk? Mindig van mit kínálnunk. (Madame).

"Megragadtuk az alkalmat, hogy utolérjük a beszélgetéseinket. Nagyon hiányzik Renato.

"Szerintem nagyszerű. Ami a hölgyeket illeti, mit mondasz?

"Imádni fogom. (Belinha).

"Fogunk!

"Akkor menjünk! Befejezte a mestert.

A kvintett a fantasztikus figura által megadott sorrendben kezd járni. Azonnal hideg fújás az osztály fáradt csontvázain keresztül. Ki volt ez a nő, és milyen hatalma volt? Annak ellenére, hogy annyi pillanatot töltöttek együtt, a rejtély zárva maradt, mint a hét kulcs ajtaja. Soha nem tudták meg, mert ez a hegyi titok része volt. Ezzel egyidejűleg a szívük a ködben maradt. Kimerültek voltak a szeretet adományozásában, és nem kaptak, megbocsátottak és csalódást okoztak. Különben is, vagy megszokták az élet valóságát, vagy sokat szenvednének. Ezért tanácsra volt szükségük.

Lépésről lépésre túl fognak jutni az akadályokon. Azonnal zavaró sikolyt hallanak. Egy pillantással a főnök megnyugtatja őket. Ez volt a hierarchia értelme, míg a legerősebb és legtapasztaltabb védelmező, a szolgák odaadással, imádattal és barátsággal tértek vissza. Kétirányú utca volt.

Sajnos nagy és szelíd módon fogják kezelni a sétát. Milyen ötlet futott át Belinha fején? A bokor közepén voltak, csúnya állatok buktatták őket, amelyek bánthatták őket. Ettől eltekintve tövisek és hegyes kövek voltak a lábukon. Mint minden helyzetnek megvan a maga nézőpontja, az ottlét volt az egyetlen esély arra, hogy megértsük magunkat és vágyainkat, valami hiányosság a látogatók életében. Hamarosan megérte a kalandot.

Következő félúton megállnak. Közvetlenül a közelben volt egy gyümölcsös. A menny felé tartanak. A bibliai mesére utalva teljesen szabadnak és a természetbe integráltnak érezték magukat. Mint a gyerekek, mászó fát játszanak, elveszik a gyümölcsöket, lejönnek és megeszik. Aztán meditálnak. Megtanulták, amint az életet pillanatok alkotják. Akár szomorúak, akár boldogok, jó élvezni őket, amíg élünk.

A következő pillanatban frissítő fürdőt vesznek a csatolt tóban. Ez a tény jó emlékeket idéz fel az egyszeri, életük leg-figyelemreméltóbb tapasztalatairól. Milyen jó volt gyereknek lenni! Milyen nehéz volt felnőni és szembenézni a felnőtt élet-tel. Élj együtt az emberek hamisságával, hazugságával és hamis erkölcsével.

Tovább lepve közelednek a sorshoz. Az ösvény jobb oldalán már látható az egyszerű kunyhó. Ez volt a legcsodálatosabb, legtitokzatosabb emberek szentélye a hegyen. Csodálatosak voltak, ami azt bizonyítja, hogy az ember értéke nem ab-ban van, amit birtokol. A lélek nemessége a jellemben, a jótékonyságban és a tanácsadói magatartásformákban rejlik. Tehát a mondás szerint: egy barát a téren jobb, mint a bankban letétbe helyezett pénz.

Néhány lépéssel előre, megállnak a kabin bejárata előtt. Választ fognak kapni a belső kérdéseidre? Csak az idő válaszol-hat erre és más kérdésekre. Ebben az volt a fontos, hogy ott voltak, bármi is jön és megy.

A háziasszony szerepét átvevő a gyám kinyitja az ajtót, így mindenki más hozzáférhet a ház belsejihez. Belépnek az üres fülkébe, mindent széles körben megfigyelve. Lenyűgözi őket a hely finomsága, amelyet a díszítés, a tárgyak, a bútorok és a rejtély légköre képvisel. Ellentmondásos, hogy több gazdagság és kulturális sokszínűség volt, mint sok palotában. Így még szerény környezetben is boldognak és teljesnek érezhetjük magunkat.

Egyenként letelepedik a rendelkezésre álló helyeken, kivéve, ha Renato a konyhába megy ebédet készíteni. A félénkség kezdeti éghajlata megtört.

"Szeretnélek jobban megismerni titeket, lányok.

"Két lány vagyunk Arcoverde Cityből. Szakmailag boldogok vagyunk, de a szerelemben vesztesek. Amióta elárult a régi partnerem, csalódott vagyok, vallotta be Belinha.

"Ekkor döntöttünk úgy, hogy visszatérünk a férfiakhoz. Paktumot kötöttünk, hogy csalogatjuk őket, és tárgyként használjuk őket. Soha többé nem fogunk szenvedni, mondta Amelinha.

"Minden támogatásomat megadom nekik. Találkoztam velük a tömegben, és most eljött a lehetőségük, hogy meglátogassam ide. (Isten Fia)

"Érdekes. Ez természetes reakció a csalódások szenvedésére. Ez azonban nem a legjobb módja annak, hogy kövessük. Egy egész faj megítélése egy személy hozzáállása alapján egyértelmű hiba. Mindegyiknek megvan a maga egyénisége. Ez a szent és szégyentelen arcod még több konfliktust és örömet okozhat. Rajtad múlik, hogy megtaláld a történet megfelelő pontját. Amit tehetek, hogy támogatom, ahogy a barátod tette, és részese lettem ennek a történetnek, elemezve a hegy szent szellemét.

"Megengedem. Ebben a szentélyben akarom találni magam. (Amelinha).

"Elfogadom a barátságodat is. Ki gondolta volna, hogy egy fantasztikus szappanoperában fogok szerepelni? A barlang és a hegy mítosza most úgy tűnik. Kívánhatok valamit? (Belinha).

"Természetesen, kedvesem.

"A hegyi entitások hallják az alázatos álmodozók kéréseit, ahogy velem is megtörtént. Legyen hitetek! (Isten fia).

"Annyira hitetlen vagyok. De ha azt mondod, megpróbálom. Sikeres befejezést kérek mindannyiunk számára. Engedjétek, hogy mindannyian valóra váljatok az élet fő területein.

"Elismerem! Mennydörgő mély hang a szoba közepén.

Mindkét kurva a földre ugrott. Eközben a többiek nevettek és sírtak mindkettőjük reakcióján. Ez a tény inkább sorsszerű cselekedet volt. Micsoda meglepetés. Nem volt senki, aki megjósolhatta volna, mi történik a hegy tetején. Mivel egy híres indián meghalt a helyszínen, a valóság érzése helyet adott a természetfelettinek, a rejtélynek és a szokatlannak.

"Mi a fene volt ez a mennydörgés? Eddig remegek, vallotta be Amelinha.

"Hallottam, amit a hang mondott. Megerősítette a kívánságomat. Álmodom? "kérdezte Belinha.

"Csodák történnek! Idővel pontosan tudni fogjátok, mit jelent ezt mondani, mondta a mester.

"Hiszek a hegyben, és neked is hinned kell benne. Az ő csodája által maradok itt és biztonságban a döntéseimben. Ha egyszer kudarcot vallunk, újrakezdhetjük. Mindig van remény az élők számára "biztosította a sámán, a pszichés jelét a tetőn.

"Egy fény. Az mit jelent? (Belinha).

"Olyan szép és fényes. (Amelinha).

"Ez örök barátságunk fénye. Bár fizikailag eltűnik, érintetlen marad a szívünkben. (Őrző

"Mindannyian könnyűek vagyunk, bár megkülönböztetett módon. A sorsunk a boldogság. (A pszichikus).

Itt jön a képbe Renato és tesz egy javaslatot.

"Itt az ideje, hogy kimenjünk és találjunk néhány barátot. Eljött a szórakozás ideje.

"Nagyon várom. (Belinha)

"Mire várunk? Itt az idő. (SIKOLTOSOK)

A kvartett kimegy az erdőbe. A lépések üteme gyors, ami a karakterek belső gyötrelméről árulkodik. Mimoso vidéki környezete hozzájárult a természet látványához. Milyen kihívásokkal nézne szembe? Veszélyesek lennének a vad állatok? A hegyi mítoszok bármikor támadhattak, ami elég veszélyes volt. De a bátorság olyan tulajdonság volt, amelyet ott mindenki hordozott. Semmi sem fogja megállítani a boldogságukat.

Eljött az idő. Az eszközcsapatban volt egy fekete férfi, Renato és egy szőke hajú ember. A passzív csapatban Divine, Belinha és Amelinha volt. A csapat megalakulásával kezdődik a szórakozás a vidéki erdők szürkezöldjei között.

A fekete fickó istenivel randevúzik. Renato Amelinha, a szőke férfi pedig Belinha randizik. A csoportos szex a hat közötti energiacserével kezdődik. Mind mindenki számára egy volt. A szex és az élvezet iránti szomjúság mindenki számára közös volt. Változó pozíciók, mindegyik egyedi érzéseket tapasztal. Kipróbálják az anális szexet, a hüvelyi szexet, az orális szexet, a csoportos szexet más nemi módok között. Ez bizonyítja, hogy a szeretet nem bűn. Ez az emberi evolúció alapvető energiájának kereskedelme. Bűntudat nélkül gyorsan partnert cserélnek, ami többszörös orgazmust biztosít. Ez az extázis keveréke, amely magában foglalja a csoportot. Órákat töltenek szexelni, amíg el nem fáradnak.

Miután minden befejeződött, visszatérnek kezdeti pozíciójukba. Még mindig sok felfedezni való volt a hegyen.

Túra Pesqueira városában

Hétfő reggel szebb, mint valaha. Kora reggel barátaink örömmel érzik a nap melegét és az arcukban vándorló szellőt. Ezek az ellentétek fizikai szempontból a szabadság, az elégedettség, az elégedettség és az öröm jó érzését okozták. Készen álltak arra, hogy szembenézzenek egy új nappal.

Ha jobban belegondolunk, erőiket a felemelkedésükre összpontosítják. A következő lépés az, hogy menjen a lakosztályokba, és rendkívüli csavargással tegye, mintha Bahia államból származnának. Természetesen nem bántani kedves szomszédjainkat. Minden szent földje látványos hely, tele kultúrával, történelemmel és világi hagyományokkal. Éljen Bahia!

A fürdőszobában leveszik a ruháikat azzal a furcsa érzéssel, hogy nincsenek egyedül. Ki hallott már a szőke fürdőszoba legendájáról? Egy horrorfilm-maraton után normális volt, hogy bajba került vele. A következő pillanatban bólogatnak a fejükkel, próbálnak csendesebbek lenni. Hirtelen mindegyiküknek eszébe jut a politikai pályájuk, a polgári oldaluk, a szakmai, vallási oldaluk és a szexuális aspektusuk. Jól érzik magukat, ha tökéletlen eszközök. Biztosak voltak abban, hogy a tulajdonságok és hibák hozzáadódtak személyiségükhöz.

Bezárkóznak a fürdőszobába. A zuhany kinyitásával hagyták, hogy a forró víz átáramoljon az előző éjszaka hősége miatt izzadt testeken. A folyadék katalizátorként szolgál, amely elnyeli az összes szomorú dolgot. Most pontosan erre volt szükségük: elfelejteni a fájdalmat, a traumát, a csalódást, a nyugtalanságot, amikor új elvárásokat próbálnak találni. A folyó év döntő fontosságú volt benne. Fantasztikus fordulat az élet minden területén.

A tisztítási folyamat testtörlő, szappan, vízen túli sampon használatával kezdődik. Jelenleg az egyik legjobb örömet érzik, ami arra kényszeríti őket, hogy emlékezzenek a zátonyon való hágóra és a tengerparti kalandokra. Ösztönösen vad szellemük további kalandokat kér abban, amit maradnak, hogy elemezzék, amint csak tudják. A helyzetet kedvezett a mindkettőjük munkájában teljesített szabadidő, mint a közszolgálat iránti elkötelezettség díja.

Körülbelül 20 percig egy kicsit félreteszik céljaikat, hogy reflektív pillanatot éljenek a saját intimitásukban. E tevékenység végén kijönnek a WC-ből, letörlik a nedves testet a törülközővel, tiszta ruhát és cipőt viselnek, svájci parfümöt viselnek, Németországból importált sminket valóban szép napszemüveggel és tiarával. Teljesen készen állnak, a pohárhoz mennek, erszényükkel a szalagon, és boldogan köszöntik magukat az újra egyesüléssel, hálát adva a Jóistennek.

Együttműködve elkészítik az irigységből, csirkeszószból, zöldségekből, gyümölcsökből, kávékrémből és kekszből álló reggelit. Egyenlő részekben az élelmiszer megoszlik. A csend pillanatait rövid szóváltásokkal váltogatják, mert udvariasok voltak. Befejezett reggeli, nincs menekvés, mint amennyit szándékoztak.

"Mit javasolsz, Belinha? Unatkozom!

"Van egy okos ötletem. Emlékszel arra a fickóra, akit a tömegben találtunk?

"Emlékszem. Író volt, és isteni volt a neve.

"Megvan a telefonszáma. Mit szólnál, ha felvennénk velünk a kapcsolatot? Szeretném tudni, hol lakik.

"Én is. Nagyszerű ötlet. Csináld. Szeretném.

"Rendben!

Belinha kinyitotta a pénztárcáját, elvette a telefonját, és tárcsázni kezdett. Néhány pillanat múlva valaki válaszol a sorra, és megkezdődik a beszélgetés.

"Helló.

" Szia, Isteni, hogy vagy?

"Rendben, Belinha. Mi a helyzet?

"Jól vagyunk. Nézd, ez a meghívás még mindig tart? Én és a nővérem szeretnénk egy különleges műsort ma este.

"Természetesen igen. Nem fogod megbánni. Itt vannak fűrészek, bőséges természet, friss levegő a nagy társaságon túl. Ma is elérhető vagyok.

"Milyen csodálatos! Akkor várjon minket a falu bejáratánál. A legtöbb 30 percben ott vagyunk.

"Rendben! Szóval, addig!

"Később találkozunk!

A hívás véget ér. Belinha vigyorogva visszatér, hogy kommunikáljon a húgával.

"Igent mondott. Menjünk?

"Gyerünk! Mire várunk még?

Mindketten felvonulnak a pohártól a ház kijáratáig, kulccsal becsukva maguk mögött az ajtót. Akkor menj a garázsba. A hivatalos családi autó vezetése, problémáikat hátrahagyva, új meglepetésekre és érzelmekre várva a világ legfontosabb földjén. A városon keresztül, hangos hangon, megőrizték kis reményüket maguknak. Abban a pillanatban mindent megért, amíg nem gondoltam arra a lehetőségre, hogy örökké boldog legyek.

Rövid idő múlva a BR 232"es autópálya jobb oldalán haladnak. Tehát kezdje el a tanfolyamot a teljesítmény és a boldogság felé. Mérsékelt sebességgel élvezhetik a hegyi tájat a pálya partján. Bár ismert környezet volt, minden átjáró több volt, mint újdonság. Ez egy újra felfedezett én volt.

Áthaladva a helyeken, gazdaságokon, falvakon, kék felhőkön, hamu és rózsákon, száraz levegő és meleg hőmérséklet megy. A programozott időben Pernambuco állam belsejinek legbukolikusabb bejáratához érkeznek. Az ezredesek, a pszichés, a Szeplőtelen Fogantatás és a magas intellektuális képességű emberek Mimoso-ja.

Amikor megálltál a kerület bejáratánál, ugyanolyan mosollyal vártad kedves barátodat, mint mindig. Jó jel azoknak, akik kalandokat kerestek. Szálljon ki az autóból, menjen találkozni a nemes kollégával, aki háromszoros öleléssel fogadja őket. Úgy tűnik, hogy ez a pillanat nem ér véget. Már megismétlődnek, elkezdik megváltoztatni az első benyomásokat.

"Hogy vagy, Isteni? (Belinha)

"Nos, mi van veled? (A jós)

"Nagyszerű! (Belinha)

"Jobb, mint valaha " (Amelinha)

"Van egy nagyszerű ötletem, mit szólnál, ha felmennénk az Ororubá-hegyre? Pontosan nyolc évvel ezelőtt kezdődött az irodalmi pályám.

"Micsoda szépség! Megtiszteltetés lesz! (Amelinha)

"Nekem is! Szeretem a természetet! (Belinha)

"Szóval, menjünk most! (Aldivan)

A két nővér titokzatos barátja aláírta, hogy kövesse őt, és a belváros utcáin haladt. Jobbra, belépve egy privát helyre, és körülbelül száz métert sétálva a fűrész aljára helyezik őket. Gyorsan megállnak a pihenésre és a hidratálásra. Milyen volt megmászni a hegyet ennyi kaland után? Az érzés béke, összeszedődé, kétség és tétovázás volt. Olyan volt, mintha ez lett volna az első alkalom, hogy a sors minden kihívással szembesült. Hirtelen a barátok mosolyogva néznek szembe a nagy íróval.

"Hogyan kezdődött az egész? Mit jelent ez számodra? (Belinha)

"2009-ben az életem monotonitásban forgott. Ami életben tartott, az az akarat volt, hogy külsővé tegyem azt, amit a világban éreztem. Ekkor hallottam erről a hegyről és csodálatos barlangjának erejéről. Nincs kiút, úgy döntöttem, hogy kockáztatok az álmom nevében. Összepakoltam, felmásztam a hegyre, elvégeztem három kihívást, amelyekről bejutottam a kétségbeesés barlangjába, a világ leghalálosabb, legveszélyesebb barlangjába. Benne nagy kihívásokat múltam felül azzal, hogy végül bejutottam a kamrába. Az extázisnak abban a pillanatában történt meg a csoda, én lettem a pszichikus, mindentudó lény a látomásain keresztül. Eddig még húsz kaland volt, és nem szándékozom ilyen hamar abbahagyni. Az olvasók segítségével apránként elérem a célomat, hogy meghódítsam a világot. (Isten fia)

"Izgalmas! Rajongok a tiédért. (Amelinha)

" Tudom, mit kell érezned, amikor újra elvégzed ezt a feladatot. (Belinha)

"Nagyon jó! Jó dolgok keverékét érzem, beleértve a sikert, a hitet, a karmot és az optimizmust. Ez jó energiát ad nékem. (A jós)

"Jó! Milyen tanácsot adsz nekünk? (Belinha)

"Összpontosítsunk tovább. Készen álltok arra, hogy jobbat tudjatok meg magatoknak? (a mester)

"Bizony! Mindkettőbe beleegyeztek.

"Akkor kövess engem!

A trió újraindította a vállalkozást. A nap felmelegszik, a szél egy kicsit erősebbé válik, a madarak elrepülnek és énekelnek, a kövek és a tövisek mozognak, a föld megrázkódik, és a hegyi hangok elkezdenek cselekedni. Ez a környezet jelenik meg a fűrész mászásakor.

Sok tapasztalattal a barlangban lévő férfi folyamatosan segíti a nőket. Így cselekedve olyan gyakorlati erényeket helyezett el, mint a szolidaritás és az együttműködés. Cserébe emberi hőt és páratlan odaadást kölcsönöztek neki. Mondhatnánk, hogy ez volt az a leküzdhetetlen, megállíthatatlan, kompetens trió.

Apránként lépésről lépésre haladnak fel a boldogság lépéseire. Odaadással és kitartással megelőzik a magasabb fa, teljesítik az út negyedét. A jelentős eredmények ellenére fáradhatatlanok maradnak a keresésükben. Azért voltak, mert gratulálok.

Folytatásban lassítsa le egy kicsit a séta ütemét, de tartsa stabilan. Ahogy a mondás tartja, lassan messzire megy. Ez a bizonyosság kíséri őket mindig, létrehozva a türelem, az óvatosság, a tolerancia és a legyőzés spirituális spektrumát. Ezekkel az elemekkel hitük volt legyőzni minden nehézséget.

A következő pont, a szent kő zárja a tanfolyam egyharmadát. Van egy rövid szünet, és élvezik, hogy imádkozhatnak, köszönetet mondhatnak, elmélkedhetnek és megtervezhetik a következő lépéseket. A megfelelő mértékben igyekeztek kielégíteni reményeiket, félelmeiket, fájdalmukat, kínzásukat és bánatukat. Mert hitük van, kitörölhetetlen béke tölti el a szívüket.

Az utazás újraindításával a bizonytalanság, a kétségek és a váratlan erő visszatér a cselekvéshez. Bár ez megijeszthette őket, hordozták azt a biztonságot, hogy a belső tér isteni kis hajtásának jelenlétében vannak. Semmi és senki nem árthat nekik egyszerűen azért, mert Isten nem engedi. Ezt a védelmet az élet minden nehéz pillanatában felismerték, amikor mások egyszerűen elhagyták őket. Isten gyakorlatilag az egyetlen igaz és hűséges barátunk.

Továbbá félúton vannak. A mászás továbbra is nagyobb odaadással és dallammal zajlik. Ellentétben azzal, ami általában a hétköznapi hegymászókkal történik, a ritmus segíti a motivációt, az akaratot és a szállítást. Bár nem voltak sportolók, figyelemre méltó volt a teljesítményük, mert egészségesek és elkötelezettek fiatalok voltak.

A harmadik negyedéves tanfolyamtól kezdve a várakozás elviselhetetlen szintre emelkedik. Meddig kellene várniuk? Ebben a nyomasó pillanatban a legjobb dolog az volt, hogy megpróbáltuk kontrollálni a kíváncsiság lendületét. Minden óvatosság most az ellenséges erők fellépésének köszönhető.

Egy kicsit több idővel végül befejezik a tanfolyamot. A nap fényesebben süt, Isten fénye megvilágítja őket, és kilépnek az ösvényből, az őrzőből és fiából, Renato. Minden teljesen újjászületett ezeknek a kedves kicsiknek a szívében. Ezt a kegyelmet a növénytermesztési törvény által érdemelték ki. A pszichés következő lépése az, hogy szoros ölelésbe kerül jótevőivel. Kollégái követik őt, és megölelik az ötöst.

"Jó látni, Isten fia! Hosszú ideig nem lát! Anyai ösztönöm figyelmeztetett közeledésedre, az ősi hölgy.

Örülök! Olyan, mintha emlékeznék az első kalandomra. Olyan sok érzelem volt. A hegy, a kihívások, a barlang és az időutazás jellemezte a történetemet. Visszatérve ide, jó emlékeket kapok. Most két barátságos harcost hozok magammal. Szükségük volt erre a találkozásra a szenttel.

"Mi a neve, hölgyeim? (az Őrző)

"A nevem Belinha, és könyvvizsgáló vagyok.

"A nevem Amelinha, és tanár vagyok. Arcoverde-ben élünk.

"Isten hozta, hölgyeim. (Az őrző)

"Hálásak vagyunk! "mondta egyszerre a két látogató, könnyes szemmel a szemükben.

"Szeretem az új barátságokat is. Az, hogy újra a mesterem mellett lehetek, különleges örömet okoz nekem azoktól a kimondhatatlanoktól. Csak azok az emberek vagyunk ketten, akik tudják, hogyan kell ezt megérteni. Nem igaz, partner? (Renato)

"Soha nem változol, Renato! A szavaid felbecsülhetetlenek. Minden őrületem ellenére az, hogy megtaláltam őt, sorsom egyik jó dolga volt. A barátom és a bátyám. (A pszichikus).

Természetesen jöttek ki az igazi érzésért, amely táplálta őt.

"Ugyanolyan mértékben vagyunk párban. Ezért sikeres a történetünk ""mondta a fiatalember.

"Jó részese lenni ennek a történetnek. Nem is tudtam,

milyen különleges a hegy a pályáján, kedves író "mondta Amelinha.

"Valóban csodálatra méltó, nővérem. Emellett a barátaid nagyon barátságosak. Valódi fikcióban élünk, és ez a legcsodálatosabb dolog, ami létezik. (Belinha)

"Köszönjük a bókot. Mindazonáltal bele kell fáradniuk a hegymászásban alkalmazott erőfeszítésekbe. Mi lenne, ha hazamennénk? Mindig van mit kínálnunk. (Madame)

"Megragadtuk az alkalmat, hogy utolérjük a beszélgetéseket. Nagyon hiányzol – vallotta be Renato.

"Ez rendben van velem. Nagyszerű, mint a hölgyek számára, mit mondanak nekem?

"Imádni fogom! " – jelentette ki Belinha.

"Igen, menjünk "értett egyet Amelinha.

"Szóval, menjünk! – vonta le a következtetést a mester.

A kvintett elkezd járni a fantasztikus figura által adott sorrendben. Most egy hideg fújás az osztály fáradt csontvázain keresztül. Ki volt az a nő, ki volt ő, akinek hatalma volt? Annak ellenére, hogy annyi pillanatot töltöttek együtt, a rejtély zárva maradt, mint a hét kulcs ajtaja. Soha nem tudták meg, mert ez a hegyi titok része volt. Ezzel egyidejűleg a szívük a ködben maradt. Kimerültek voltak a szeretet adományozásában, és nem kaptak, megbocsátottak és csalódást okoztak. Különben is, vagy megszokták az élet valóságát, vagy sokat szenvednének. Ezért tanácsra volt szükségük.

Lépésről lépésre túl fogsz jutni az akadályokon. Egy pillanatra zavaró sikolyt hallanak. Egy pillantással a főnök megnyugtatja őket. Ez volt a hierarchia értelme, míg a legerősebb és tapasztaltabb védelmező, a szolgák odaadással, imádattal és barátsággal tértek vissza. Kétirányú utca volt.

Sajnos nagy és szelíd módon fogják kezelni a sétát. Mi volt az ötlet, ami Belinha fejében átfutott? A bokor közepén voltak, csúnya állatok buktatták őket, amelyek bánthatták őket. Ettől eltekintve tövisek és hegyes kövek voltak a lábukon. Mivel minden helyzetnek megvan a maga nézőpontja, az ottlét volt az egyetlen esély arra, hogy megértsd önmagadat és a vágyaidat, valami hiányosság a látogatók életében. Hamarosan megérte a kalandot.

Következő félúton megállnak. Közvetlenül a közelben volt egy gyümölcsös. A menny felé tartanak. A bibliai mesére utalva úgy érezték, hogy kiegészítik egymást és integrálódnak a természetbe. Mint a gyerekek, mászó fát játszanak, elveszik a gyümölcsöket, lejönnek és megeszik. Aztán meditálnak. Megtanulták, amint az életet pillanatok alkotják. Akár szomorúak, akár boldogok, jó élvezni őket, amíg élünk.

A következő pillanatban frissítő fürdőt vesznek a csatolt tóban. Ez a tény jó emlékeket idéz fel az egyszeri, életük legfigyelemreméltóbb tapasztalatairól. Milyen jó volt gyereknek lenni! Milyen nehéz volt felnőni és szembenézni a felnőtt élettel. Élj együtt az emberek hamisságával, hazugságával és hamis erkölcsével.

Tovább lepve közelednek a sorshoz. Az ösvény jobb oldalán már látható az egyszerű kunyhó. Ez volt a legcsodálatosabb, legtitokzatosabb emberek szentélye a hegyen. Elképesztőek voltak, mi bizonyítja, hogy az ember értéke nem abban van, amit birtokol. A lélek nemessége a jellemben, a jótékonysági és tanácsadási magatartásban rejlik. Ezért mondják a következő mondást: jobb egy barát a téren, mint egy bankban elhelyezett pénz.

Néhány lépéssel előre, megállnak a kabin bejárata előtt. Kaptak-e választ a belső kérdéseikre? Csak az idő válaszolhat erre és más kérdésekre. Ebben az volt a fontos, hogy ott voltak, bármi is jön és megy.

A háziasszony szerepét átvevő a gondviselő kinyitja az ajtót, így mindenki más hozzáférhet a ház belsejihez. Úgy lépnek be az egyedülálló hiábavaló fülkébe, hogy mindent megnéznek a nagy készülékben. Lenyűgözi őket a hely finomsága, amelyet a díszítés, a tárgyak, a bútorok és a rejtély légköre képvisel. Érdekesmódon azon a helyen több gazdagság és kulturális sokszínűség volt, mint sok palotában. Így még szerény környezetben is boldognak és teljesnek érezhetjük magunkat.

Egyenként letelepedik a rendelkezésre álló helyeken, kivéve Renato konyháját, ebédet készít. A félénkség kezdeti éghajlata megtört.

"Szeretnélek jobban megismerni titeket, lányok. (Az őrző)

"Két lány vagyunk Arcoverde Cityből. Mindketten letelepedtek a szakmában, de vesztesek a szerelemben. Amióta elárult a régi partnerem, csalódott vagyok, vallotta be Belinha.

"Ekkor döntöttünk úgy, hogy visszatérünk a férfiakhoz. Paktumot kötöttünk, hogy csalogatjuk őket, és tárgyként használjuk őket. Soha többé nem fogunk szenvedni. (Amelinha)

"Mindannyiikat támogatni fogom. Találkoztam velük a tömegben, és most idejöttek, hogy meglátogassanak minket, és ez kényszerítette a belső hajtást.

"Érdekes. Ez természetes reakció a szenvedés csalódásaira.

Ez azonban nem a legjobb módja annak, hogy kövessük. Egy egész faj megítélése egy személy hozzáállása alapján egyértelmű hiba. Mindegyiknek megvan a maga egyénisége. Ez a szent és szégyentelen arcod még több konfliktust és örömet okozhat. Rajtad múlik, hogy megtaláld a történet megfelelő pontját. Amit tehetek, hogy támogatom, ahogy a barátod tette, és részese lettem ennek a történetnek, elemezve a hegy szent szellemét.

"Megengedem. Ebben a szentélyben akarom találni magam. (Amelinha)

"Elfogadom a barátságodat is. Ki gondolta volna, hogy egy fantasztikus szappanoperában fogok szerepelni? A barlang és a hegy mítosza most úgy tűnik. Kívánhatok valamit? (Belinha)

"Természetesen, kedvesem.

"A hegyi entitások hallják az alázatos álmodozók kéréseit, ahogy velem is megtörtént. Legyen hitetek! motiválta Isten Fiát.

"Annyira hitetlen vagyok. De ha azt mondod, megpróbálom. Sikeres befejezést kérek mindannyiunk számára. Engedjétek, hogy mindannyian valóra váljatok az élet fő területein. (Belinha)

"Megadom!" Mennydörgés egy mély hang a szoba közepén".

Mindkét kurva a földre ugrott. Eközben a többiek nevettek és sírtak mindkettőjük reakcióján. Ez a tény inkább sorssz-erű cselekedet volt. Micsoda meglepetés! Nem volt senki, aki megjósolhatta volna, mi történik a hegy tetején. Mivel egy híres indián meghalt a helyszínen, a valóság érzése helyet adott a természetfelettinek, a rejtélynek és a szokatlannak.

"Mi a fene volt ez a mennydörgés? Eddig remegek. (Amelinha)

"Hallottam, amit a hang mondott. Megerősítette a kívánságomat. Álmodom? (Belinha)

"Csodák történnek! Idővel pontosan tudni fogja, mit jelent ezt mondani. "mulattatta a mester.

"Hiszek a hegyben, és neked is hinned kell. Az ő csodája által maradok itt és biztonságban a döntéseimben. Ha egyszer kudarcot vallunk, újrakezdhetjük. Mindig van remény az élők számára. "Biztosította a sámánt a pszichésről, aki jelet mutat a tetőn".

"Egy fény. Az mit jelent? könnyek között, Belinha.

"Olyan szép, okos és beszédes. (Amelinha)

"Ez örök barátságunk fénye. Bár fizikailag eltűnik, érintetlen marad a szívünkben. (Gyám)

"Mindannyian könnyűek vagyunk, bár megkülönböztetett módon. A sorsunk a boldogság "erősíti meg a pszichikus.

Itt jön a képbe Renato és tesz egy javaslatot.

"Itt az ideje, hogy kimenjünk és találjunk néhány barátot. Eljött a szórakozás ideje.

"Nagyon várom. (Belinha)

"Mire várunk? Itt az idő. (Amelinha)

A kvartett kimegy az erdőbe. A lépések üteme gyors, ami a karakterek belső gyötrelméről árulkodik. Mimoso vidéki környezete hozzájárult a természet látványához. Milyen kihívásokkal nézne szembe? Veszélyesek lennének a vad állatok? A hegyi mítoszok bármikor támadhattak, ami elég veszélyes volt. De a bátorság olyan tulajdonság volt, amelyet ott mindenki hordozott. Semmi sem állíthatná meg a boldogságukat.

Eljött az idő. Az eszközcsapatban volt egy fekete férfi, Renato és egy szőke hajú ember. A passzív csapatban Divine, Belinha és Amelinha volt. A csapat megalakult; A szórakozás a vidéki erdők szürkészöldjei között kezdődik.

A fekete srác istenivel randevúzik. Renato társkereső Amelinha, a szőke pedig Belinha randizik. A csoportos szex a hat közötti energiacserével kezdődik. Mind mindenki számára egy volt. A szex és az élvezet iránti szomjúság mindenki számára közös volt. Változó pozíciók, mindegyik egyedi érzéseket tapasztal. Kipróbálják az anális szexet, a hüvelyi szexet, az orális szexet, a csoportos szexet más nemi módok között. Ez bizonyítja, hogy a szeretet nem bűn. Ez az emberi evolúció alapvető energiájának kereskedelme. Bűntudat nélkül gyorsan partnert cserélnek, ami többszörös orgazmust biztosít. Ez az extázis keveréke, amely magában foglalja a csoportot. Órákat töltenek közösülés, amíg el nem fáradnak.

Miután minden befejeződött, visszatérnek kezdeti pozíciójukba. Még mindig sok felfedezni való volt a hegyen.

Vége